裏切られたSランク冒険者の俺は、
愛する奴隷の彼女らと共に
奴隷だけのハーレムギルドを作
Betrayed S Rank adventurer I make slave-only harem guild with my loving slaves.
咲
イラスト
ナイロン
「お久しぶり、ではないですわね、みなさん」
敵意のない笑顔に上品な振る舞い。
そんな彼女を見て、四人は警戒を強める。
character
アルマ・レニッサ
ギルド《鮮血の鎖》のメンバー。フェリスティナ王国の宿屋で出会った謎の美女。

「……ふふっ、いつもセリナはそんなにいやらしく、エギル様の首を舐《な》めるのですね」
character
エレノア
その言葉を聞いたセリナは、エギルの首筋を舐めつつ、横目でエレノアを見ながら答える。
「……そういうの、言わなくていいから……あん、ちゅ……エギルさんに、もっと気持ちよくなってほしいんだもん」
character
セリナ

「私を……妊娠、させてくださいっ！」
——誰よりも先に、自分にアナタとの愛の形である子供をください。
「き、きてっ……きてきてっ！
私を、エギルさんの妻にしてぇっ！」

「あっ、ダメっ、ダメ……です、セリナっ！」
「私の身体をあれだけ虐《いじ》めたくせに……？」
セリナは片手で乳房を強く揉み、もう片方の手で肉棒が出入りしてる膣内の上にある突起物を摘まむ。
「あーあ、軽く弄《いじ》っただけで、イっちゃったの？」

「セリナ、舌を出してください」
「い、いやっ、私はエギルさんとしかっ……
んっ、あっ、ああ……」
セリナは拒もうとした。
けれどエレノア相手ならいいと思ったのか、
寄せられた唇を受け入れ、自ら舌を突き出した。

ダッシュエックス文庫

裏切られたSランク冒険者の俺は、愛する奴隷の彼女らと共に奴隷だけのハーレムギルドを作る4

柊 咲

登場人物紹介

Characters

Betrayed S Rank adventurer I make slave-only harem guild with my loving slaves.

ヴォルツ王国

【王】

エギル

Egil

幼なじみの奴隷に裏切られた最強のSランク冒険者。エレノアたちのおかげで生きる希望を見出した。神に選ばれた"先導者の器"で『ヴォルツ王国』の王となった。

【最愛の妻たち】

エレノア

Eleanor

幼なじみの手によって奴隷堕ちしたコーネリア王国の元第三王女。エギルを心の底から愛しており、夜はエギルをドSにする。

セリナ

Selina

エレノアの親友。過去の主人のせいで男性恐怖症だったが、エギルによって克服。匂いフェチ。生き別れの二人の妹を捜している。

フィー

Fie

《ゴレイアス砦侵攻戦》でエギルの奴隷となった不思議な少女。調教師《テイマー》で四匹のペットを家族としている。誰にも言えない過去がある。

ギルド《理想郷への道《サリアエーテリアル》》

【『ヴォルツ王国』の住人】

ハルト

ギルド《ウェルタニアの希望》のリーダー。エギルに憧れ、大いに慕う。

ハボリック

クエスト受注所の職員。エギルを尊敬している。

ゲッセンドルフ

情報収集に長けた冒険者。

闇ギルド《終焉のパンドラ》

レヴィア

Revere

ドラゴンに育てられた過去を持ち、魔物を殺す人間を憎んでいる。しかしエギルに興味があるようで……。

サナ

Sana

聖術師の少女。ルナの双子の姉。明るく快活。人には頼らないことを心に決めている。自分とルナを助けてくれたエギルへの恩返しとして彼の奴隷となった。

ルナ

Luna

魔弓士の少女。大人しく控えめな性格。サナと共に旅をしていたが、エギルの奴隷の一人に。

華耶

Kaya

湖の都の長。悪神九尾を身体に宿す妖艶な美女。民を連れてヴォルツ王国へ移住することを決めた。

CONTENTS

Betrayed S Rank adventurer I make slave-only harem guild with my loving slaves.

Written by
Hiiragi Saki

Illustrated by
Nylon

プロローグ

何十年も生きていれば、この道を進んだら駄目だということはなんとなくわかるものだ。

これは能力じゃない。勘《かん》、ただの直感だ。

エギルの初恋相手、ルディアナ・モリシュエに裏切られた時に襲《おそ》われた、全身を冷たい無数の手で摑《つか》まれ、がんじがらめにされるような、あの気分の悪い感覚は今も忘れられない。

だからエギルは、再び同じ感覚に襲われたときには、進む道を変えることにした。

けれど、変えても変えても、進もうとする道をあの感覚が邪魔してきた。

ああ、この道は駄目だ。

ああ、この道も駄目だ。

この道も、この道も、この道も。

それでも、あの感覚に襲われない道が生まれることもある。しかし、いいと思って選んだ道ほど、あの嫌な悪寒《おかん》が襲ってくるのだ。

進まなければいけない道だからなのか。それはわからない。

この先へ進めば——エギルは何か大切なモノを奪われるような気がした。

せっかく手に入れた幸せ、みんなと共に摑んだ安寧《あんねい》を手放さなければいけないかもしれない。

——だけど。

彼女たちは覚悟を決めたような力強い瞳《ひとみ》をエギルに向け、彼の背中を押した。

何が起きようとも、エギルと共にその道を歩こうと決めている。

だからエギルも覚悟を決める。

過去の自分と決別しなければいけない。

たとえ苦しみの道を彼女たちと共に歩くことになるとしても——。

もう、あの日のエギルとは違うのだから。

一章　奴隷ではなく

「……あれは、神教団ですか」

星空が輝く夜、エレノアたちはヴォルツ王国の外にいた。

目の前には騎士団と一緒に、風変りな白いローブを着た謎の集団が群れをなして北門を占拠《せんきょ》している。彼らは王国の城砦《じょうさい》の入り口を囲うようにさまよっていたかと思うと、徐々《じょじょ》に王国内へと姿を消した。

エレノア、セリナ、サナ、ルナ、シルバ、リノの六人は王国から離れた森から城の様子を窺《うかが》っていた。

エレノアの言葉に、セリナは驚いたように口を開く。

「神教団!?　なんで神を信仰する連中がここにいるの!?」

「わたくしにも、わかりません……ただ、あの白いローブ、神教団の方々があれを着ていたのを見たことがあります」

それを聞いて、不安そうにしていたサナとルナが言葉を発する。

「エ、エレノアさん、神教団って、魔物をこの世界に生み出して、冒険者に聖力石《せいりょくせき》を与えたっていう、あの？」

「《ヘファイス伝綬神《でんじゅしん》》を信仰し崇《あが》める集団……ですよね？」

「ええ、そうです」

頭まですっぽりと覆《おお》う白色のローブに身を包んだ人たちが、大勢の騎士たちに混じって、ヴォルツ王国の前に大挙《たいきょ》してきている。

「でも待って。神教団がなんで冒険者が暮らす王国を攻撃してるの……？」

セリナの言葉に、エレノアは首を左右に振る。

「それはわたくしにもわかりません。神教団は表には出てこないはずです。いつも地下深くに隠された神の湖を守ってる集団で、世界のこと、ましてや、ただの冒険者の王国の争いに首を突っ込むなんて、わたくしは今まで聞いたことありません」

神教団は地下に引きこもっている連中で、そこで何をしているかを知る者はいないだろう。外の世界には顔を出さない。決して世界のことには首を突っ込まない。そんな連中が、どうしてエギルが作った王国を狙《ねら》っているのか、不思議としか言いようがない。

「なんでそんな連中がここを……つか、ここを攻めてる連中は《鮮血の鎖《くさり》》なんじゃねぇのかよ」

フェリスティナ王国の宿屋で出会った、アルマ・レニッサという女冒険者。《鮮血の鎖》は彼女が所属しているギルドの名前だ。

彼女がエレノアに接触してきたということは、今現在、ヴォルツ王国を狙っている者も《鮮血の鎖》に関係する者たちだと考えるのが自然だが、実際は違っていた。

目の前にいるのはどこの国の者かわからない騎士の一団と、ローブ姿の神教団らしき者たち。

そこに《鮮血の鎖》のメンバーらしき人物の姿はない。

「今はそのことを考えるのはやめましょう」

考えたところですぐには答えは出ない。それよりも大事なことがある。

「ヴォルツ王国を守ってくださってる皆さんが心配です」

ゲッセンドルフやハルトやハボリック、それにエギルの意思に賛同してくれた冒険者たちが王国内で奮闘《ふんとう》してくれている。

今はエギルの大切な仲間の命を守らねばいけない。

「シルバさん、リノさん。わたくしたちはこのまま王城へ向かいます」

「……この軍勢を排除《はいじょ》する気か？」

リノの言葉に、セリナとサナとルナは、エレノアの意見に賛同するように頷《うなず》く。

「あそこでみんなが、エギルさんや、私たちが戻ってこれるよう戦ってくれてるはずです」

「だからあたしたちは帰らないと」

「そう、です！」

門は大勢の騎士たちによって塞《ふさ》がれている。あそこから入るのは難しいだろう。けれどやらないといけない。そうしないと何も進まないのだから。

「ははっ、いいんじゃねぇのか？」

その無謀《むぼう》さにシルバは大笑いする。

「あの場所は嬢ちゃんたちの王国で、守るべき家だ。やってみろ」

その言葉に、リノはため息をつく。

「……たく、仕方ねぇ。いいぜ、私たちが道を作ってやる。テメェらを城内に入り込ませてやるよ」

「ありがとうございます。三人もいいですね」

エレノアは三人に視線を向ける。

「もちろん。あそこは、私たちが守るべき家だもの」

「うん、絶対に守る！」

「怖いけど……はい！」

三人は頷く。その表情は、緊張はしているが、大事な場所を必ず取り返すと、固く心に決めているようだった。

「それじゃあ、行くぜ」

各々《おのおの》馬に乗り、森から走り出す。

先頭にシルバとリノ。その後ろをエレノアたち四人が続く。

門に群がる大勢の騎士たちに迫ると、シルバとリノが武器を手に取った。

シルバは腰から銀色に輝く剣を引き抜く。

リノは肩に乗せた大剣を片手で持つ。

「見える範囲にいんのは、ざっと一〇〇人ぐらいか。余裕だろ、リノ?」

「誰に言ってる。私一人で余裕だ」

二人は大勢の敵を前にして笑っていた。

これが戦《いくさ》慣れしている者の姿なのか。覚悟を決めたエレノアでさえ、緊張から手綱《たづな》を握る手が震えているというのに。

そしてシルバは、剣王と呼ばれる所以《ゆえん》たる力を見せた。

「神の覇道《はどう》よ――天地百傑《テンチヒャッケツ》」

天にかざした剣に眩《まばゆ》い光が降りそそぐと、銀色の剣は一瞬にして黄金の宝剣《ほうけん》へと変化した。

「奴《やつ》らの注意を引きつける。お前らはその隙《すき》に中へ入れ」

空へ向けていた黄金の剣を水平に一振り。その瞬間、エレノアたちの後ろから、地面を駆ける馬の蹄《ひづめ》の音が壮大に響く。

「これは……」

エレノアの目に映ったのは眩い黄金の鎧《よろい》で武装した大勢の馬と騎士。それらはシルバが職業の力で作り出した幻影の騎士団だった。

「連中の相手はこいつらが引き受ける」

シルバが言うと、今度はリノがエレノアたちの背中を押す。

「シルバの技《わざ》にかかった連中は、絶対にテメェらを見向きもしねぇ。だから安心して行け」

城砦の門の前にいた騎士たちはエレノアたちには目もくれず、引き寄せられるように黄金の騎士団へと向かって走ってくる。

「こいつらは私らが面倒《めんどう》みてやるっ！　中に入ってからのことは、テメェらで決めろ！」

リノはニヤリと笑いながら左手を力強く握る。

「燃えろよ、クソどもがっ——灼熱《しゃくねつ》の流星」

左手に燃え盛る炎を生み出すと、リノはそれを宙へ投げる。その炎の塊《かたまり》は独《ひと》りでに弾《はじ》け、無数の炎の玉になって飛び散る。

それらは迫ってくる騎士たちに命中すると、勢いよく爆発した。

「ほらっ、さっさと行け！」

前方に、エレノアたちの進路を塞ぐ者はいない。

エレノアは馬を勢いよく走らせ、セリナ、サナ、ルナと共に真《ま》っ直《す》ぐ門へと向かう。

「ありがとうございます！」

背後から、リノの小さな声がエレノアの耳に入った。

「……エギルを救ってくれて、ありがとな」

それを聞いて、彼女もエギルの幸せを願っていた一人なのだと理解した。

であればその言葉に応《こた》えるべきだろう。

「必ず、エギル様の帰ってくる場所を守り抜いてみせます」

手綱をギュッと握ったエレノアは、セリナたちと共に、シルバとリノが開けてくれた道を突き進む。

「門の先にもいるわね……」

セリナは小さな声を発した。

シルバとリノのお陰《かげ》で、北門と呼ばれる一の門を突破できたエレノアたち四人。

《ゴレイアス砦《とりで》侵攻戦》の際には一の門から二の門に行くまでの区間は迷路状になっていたが、それは撤廃《てっぱい》され、今では二の門までの間に目を遮《さえぎ》るものはなく、騎士たちの姿を確認することができた。

「馬だと目立ちます。ここからは馬を降りて徒歩で進みましょう……」

エレノアたちは馬を置いて二の門へと向かいながら、様子を窺《うかが》う。

巨大な鉄扉《てつび》の前には何十人もの騎士が松明《たいまつ》を手に寄り集まっている。固く閉ざされた門は爆破してもびくともしないため、騎士たちは中に入れず、手をこまねいているようだった。

「内側から鉄板で補強してるみたいですね。他の門へ迂回《うかい》してる者もいるようです」

「そうみたいね。どうするの？」

エレノアは少し考えてから、自分の肩に止まった小鳥のフェニックスを空へと羽ばたかせる。

「フィーさん、他の門の様子は確認できますか？」

フェニックスが上空を旋回《せんかい》し、一通り王国の内部を確認すると、再びエレノアの肩に止まった。フェニックスを通してフィーから返事が届く。

『暗くて松明の灯《あか》りしか確認できなかったけど、他の門も同じ感じだったよ』

「そうですか。他の二の門は突破されていますか？」

『住民区までは北以外すべて突破されてる』

「わかりました。わたくしたちのいる北の二の門から入ることは可能ですか？」

『ちょっと待って……』

そう伝えると少し間《ま》が生まれる。そして、

『北の二の門のところにゲッセンドルフたちがいる。一瞬だけ扉を開けるから、四人とも隙を衝《つ》いて中に入って』

ヴォルツ王国に伝達役として置いてきたハムスターのゴルファスは今ゲッセンドルフたちといるようで、中にいる彼らとやり取りをしてくれたのだろう。

エレノアは頷き、三人を見る。

「タイミングを合わせて中へ入ります。その前にできる限り、門の近くにいる騎士たちを排除しましょう」

エレノアの言葉に三人は頷く。

『中から爆薬を投げて注意を引きつけるって。だけど全員を門の前から遠ざけさせるのは無理そう。それでも大丈夫？』

「ええ、問題ありません。中の準備ができたら教えてください」

そう伝えてから、エレノアは三人に言う。

「門までの移動距離を少しでも短くしたいので、進みましょう……」

エレノアたちのいる場所から二の門までは距離があり、その途中には騎士がいる。だが、建築作業のために作られた簡易《かんい》小屋に身を隠しながら、距離を縮《ちぢ》めることはできるだろう。

「行きます」

エレノアの合図で四人は道沿いに点在する小屋の陰に隠れながら移動を開始する。

騎士たちとはまだ離れてるものの、この緊迫した状況に四人の表情は強張《こわば》っている。

少し、また少しと門との距離を縮め、はっきりと騎士たちの表情が確認できる門に一番近い小屋まで来ると、門付近の様子をそっと窺った。

「合図があったら、わたくしのライトフェンリルで目くらましをしますので」

「わかったわ。私が先行するから、三人は後をついてきて」

この中で唯一《ゆいいつ》、接近戦ができるセリナが先行し、エレノアたち三人がそれに続くことになる。

『中の準備はできたよ』

「わかりました。フィーさん、ゲッセンドルフさんたちに伝えてください。わたくしが聖獣を召喚《しょうかん》し、目くらましをします。敵に隙が生まれますので、爆薬を城壁の上から投下して撹乱《かくらん》してください」

『わかった』

眩い光に視界を奪われないよう三人は武器を手にして目を閉じる。それを確認してから、エレノアは小さな声で詠唱《えいしょう》を始めた。

「光の仔狐《こぎつね》よ、敵を惑《まど》わす光を放ち、現世に姿を現し力を示せ――。称呼《しょうこ》――ライトフェンリル！」

エレノアの召喚した子狐が数体、門付近に現れると眩い光を放った。

閃光《せんこう》が走り、門の前にいた騎士たちがひるむ。その瞬間、火を付けられた爆薬が城壁の上から投げられる。門の入り口辺《あた》りに落ちた爆薬が大きな音を響かせる。

眩い光に襲《おそ》われた騎士たちはそれでも必死に武器を構え、敵を探そうとするが、追撃《ついげき》の爆薬によって吹き飛ばされ、一気に統率《とうそつ》が崩《くず》れてしまった。

直前まで目を閉じていたエレノアたちは、ライトフェンリルの発光が収まったのと同時に目を開ける。だが、周囲には既《すで》に視界の戻った騎士たちも何人かおり、エレノアたちに向かってくる。

「サナさん、ルナさん！」

エレノアの声と同時に、閉ざされていた門が開かれ、

「う、うんっ！　光の爆撃を――エンジェル・ノヴァ！」

「当たって――天雨！」

サナが光弾を放ち、ルナが矢の雨を降らせる。

一掃《いっそう》することは難しいが、少なくとも態勢を崩した騎士たちに反撃する暇《いとま》を与えない。

その隙に、セリナが立ち塞がる騎士たちを倒して、四人は開いた門へ。その門口には、ゲッセンドルフとハルト、それに冒険者たちの姿が見えた。

「四人とも、早くこっちに！」

四人は一斉《いっせい》に開かれた扉の中へと入った。

エレノアたちが二の門を抜けたのを確認すると、ゲッセンドルフが声を張り上げる。

「門を閉めろ！　侵入してこようとする奴らは全力で排除するぞ！」

敵の侵入を防ぐように二の門は力任せに閉められ、門扉《もんぴ》に頑丈《がんじょう》な鉄板を挟《はさ》んだ。

「みなさん、無事でなによりです！」

エレノアの言葉に、ゴルファスを頭に乗せたゲッセンドルフは苦笑いを浮かべる。

「こっちはなんとか、といったところですがね。四人も無事で良かったです」

ここにいるのはゲッセンドルフやハルトを含め十数名の冒険者で、ハボリックや他の冒険者

はいない。おそらくは他の門の守備にまわっているのだろう。

「現在の状況を教えていただけますでしょうか？」

エレノアの言葉に、ゲッセンドルフが答える。

「我々もこの門周辺から離れることはできないのであまり詳《くわ》しくは……ただ、今は他の門もこと同じように閉めていますが、北側以外は防ぎきれず住民区まで完全に侵入を許してしまったとハボリックから連絡がありました。それで手の空《あ》いてる者は、騎士たちの数が集中している南門で掃討《そうとう》にあたっているそうです」

「どうして、南門だけ……？」

エレノアの問いかけに、ハルトは首を左右に振る。

「それはわかりません。各門、ここと同じ人数の冒険者を配置していたのですが、南門だけ圧倒的に来襲《らいしゅう》数が多く対処できずに……。向こうの騎士に物凄《ものすご》く強い奴がいるとかではないですが。それに連中の行動には不思議なことが多くて」

「不思議なこと？　それはどういうことですか？」

セリナの言葉に、ゲッセンドルフは答える。

「どうしてもこの中に入りたければ、さまざまな手段で門を破ろうとしてくるはずです……だけどそんなこともせず、それどころか、閉めた今も無理にこじ開けようともしてきません」

今、二の門の前は静かだ。まるでもう、この門から侵入するつもりはないと言わんばかりだ。

――不気味だ。はっきりした目的がわからないから尚更《なおさら》。

エレノアはそう思った。けれど攻めてこないならそれでいいし、これ以上、答えのわからない疑問について考えていてもしかたない。

「……わかりました。であれば、わたくしたちは南門へ向かってみます」

「よろしくお願いします。あっ、もし途中でハボリックに会ったら、この子を預けてください」

そう言って、ゲッセンドルフからゴルファスを預けられる。

「あいつは戦えないので、門と門の伝達係をさせます。この子もきっとここにいるより、あいつに同行させたほうがいいと思います」

「わかりました。では行ってきます」

ルナの頭にゴルファスを乗せ、エレノアたち四人は真っ直ぐに南進、住民区の出口である北の三の門へと向かった。

「ねえ、あれ何してるの？」

ふいにサナが口を開く。

「花壇、でしょうか」

四人の視線の先には、家の前の花壇で何かを探している様子の騎士の姿。目を凝《こ》らしてみると、花壇の土を掘り起こしていた。

「何してんの、あれ……」

「わかりません。ですが、何か探してるみたいですね」

「あっ、向こうに行ってしまいました。どうしますか、エレノアさん」

しばらく様子を窺うと、騎士たちは家の中を確認したあと、また別の家の花壇を掘り起こし始めた。ルナに問いかけられ、エレノアたちはさっきまで騎士がいた花壇を覗《のぞ》いた。土が掘り起こされた跡。そこに見覚えのある花の根があった。

「これ、アロヘインよね」

セリナが根を見て言う。

「私たちが全部、処分したと思ってたのに根が残ってたのね。ということは、連中の目的はこのアロヘインだったってこと？」

「それはわかりません。ただ、花壇を掘り起こしてみていたということは、何か理由があってのことでしょう」

アロヘインを目的とする行動、ということも考えられるが、それにしても不自然だった。もしもアロヘインが狙いなのであれば、この根だって当然回収するだろう。けれど根は抜かれることなく剝《む》き出しのまま放置されている。

まるで根を確認すること自体が目的だったみたいだ。

「そういえば、セリナさん」と、サナがセリナに尋《たず》ねる。

「セリナさん、前にアロヘインの匂《にお》いが嫌いって言ってたけど、根の匂いは平気なの？」

「匂いがするのは葉っぱだからね。根は平気よ」

「そうなんだ」

「あっ、そういえば、エレノア」

ふと、セリナがこちらを見る。

「アロヘインで思い出したけど、この辺りよりも、南の家の庭の方がもっと生《は》えてたわよ」

「そうなのですか……?」

「うん。あの辺りを掃除していたとき見たのよ」

頷くセリナに、サナが言う。

「セリナさん、アロヘインの匂いが嫌いだから南門付近は後回しにしようって言ってたもんね」

「だって、あれ嫌いなんだもん」

「南門付近に……」

エレノアは周囲の花壇に視線を向ける。そして、南へ向かって花壇が掘り起こされている状態であるのに違和感を覚える。

まるでアロヘインが植えられている花壇を辿《たど》って、南へ向かっているようだと。

「なぜ、アロヘインを……」

そのときだった。誰かが家の陰に隠れながらこちらへ向かってくる。その姿を見て、エレノアは声をかける。

「ハボリックさん」

「え、あっ、エレノアさん」

声を抑えながら言葉を返したハボリック。いつものさらさらの金髪が汗《あせ》で艶《つや》めき、服には微《かす》かに泥《どろ》が付いていた。

「無事でなによりです」

「自分は逃げ回ってるだけっすけどね。それより、エレノアさんたちは北門から？」

「ええ、そうです」

「なるほど。北門から攻められそうな雰囲気《ふんいき》はあったすか？」

「あまり感じられませんでした。門を閉めてからも、不気味なほど静かでしたから」

「……」

エレノアの言葉にハボリックは思案顔を浮かべる。

そして何か思いついたのか、彼は何度か頷いた。

「たぶんゲッセンドルフさんたちと会って聞いてるとは思いますが、今奴らは南門から攻めてきてます」

「ええ、そう聞いてます」

「それで、連中の目的のものは、どうやら南門付近にある可能性が高いっす」

「え、どういう意味ですか？」

ハボリックの言葉にルナが首を傾《かし》げると、彼は周囲を警戒《けいかい》しながら説明を続けた。

「奴らは当初、北門から攻めてきたっす。だから自分たちは北の二の門を閉じて、侵入を防いだっす。すると今度は西門、東門から攻めてきたんすけど、連中は王城を目指さず、住民区ばかり調べてるんす」

確かに、先程エレノアたちが見た騎士も、家の中や花壇を調べていた。

「王城に向かってはいないのですか？」

「そうっす。今は西、東の住民区を調べ終わったみたいで、静かっす」

すると、サナが口を開く。

「で、でも、南門の近くに目的のものがあるとしても、別に他の門から攻めてもいいんじゃないの？」

サナの言う通りで、南の住民区に何かあるとしても、他の場所から攻めない理由にならない。全《すべ》ての門から攻めて反撃を分散させるのが最も効果的な作戦だろう。

「なぜかはわからないっす。ただ連中は今、南門からの侵入に力を入れてるっす。だから自分は、他の門を守ってるみんなに、南門に向かうよう伝えに行く途中だったっす」

「それで北門へ向かってたのですか」

ハボリックはエレノアたちが入ってきたほうへと向かっていた。南門以外の人員を、南門の守備に移そうとしていた。

「エレノアさん、それでいいっすか……？」

ハボリックは、決断をエレノアに委《ゆだ》ねる。

おそらく、自分の判断が妥当《だとう》かどうか、その正否を、エレノアに問いたいのだろう。その意味を理解したエレノアは少し考えてから、大きく頷いた。

「それで構いません。ですが数名だけ北門に残り、引き続き壁の上から爆薬を投げるなどの牽《けん》制《せい》を行うよう伝えてください。わたくしたちもすぐ南へ向かいます」

「了解っす」

「それとハボリックさん。伝達用にこの子を連れて行ってください」

ルナの頭に乗っていたゴルファスをハボリックに預けると、彼は頷いた。

「わかったっす。何かあれば、この子に声をかけたらいいんすね」

「はい、よろしくお願いします」

「では、みなさんもお気をつけて」

それだけ伝えて、ハボリックは北門へと向かった。

そして、エレノアたちは南側へと向かう。

北の住民区の家々は荒らされていた。それは西側や東側もおそらく同じだろうが、不気味なほど静まりかえっていた。

おそらくほとんどの者たちが南の住民区に集まっているのだろう。

騎士との接触を避けながら進んでいく。どれだけ歩いただろう。普段、そこまで王国の広さを実感することはなかったが、敵を意識すると、いつもより時間がかかるように感じる。

そしてエレノアたちは北の三の門を抜け、城の横を通り過ぎ、南の三の門から南の住民区へと入った。

「……これは」

そして、セリナが小さく声を漏《も》らした。

南の住民区では、激しい剣戟《けんげき》の音が響いており、騎士と冒険者が激しく衝突していた。それを見ても、騎士たちの目的がここにあることは疑いなかった。

「……エレノア、どうする？」

家の陰に隠れながら、押し殺した声でセリナに聞かれる。

少し離れた先に見える騎士の数は多く、数だけなら到底《とうてい》勝てるとは思えない。だが冒険者たちにそこまで押されている様子はなく、むしろ均衡《きんこう》状態にあった。であれば全体的に見て実力では劣っていないということだろう。

――その時だった。

コツコツと、ハイヒールが地面を鳴らす音が後ろから聞こえた。

「アルマ、さん……」

振り返ると、そこにいたのは宿屋で会ったアルマ・レニッサだった。

「お久しぶり、ではないですわね、みなさん」

前に着ていた全身黒の服とは打って変わって、いま目の前にいる彼女は煌《きら》びやかなドレスをまとっており、綺麗《きれい》に整えられた黒髪を肩で波打たせ、エレノアたちにカーテシーをする。

敵意のない笑顔に上品な振る舞い。そんな彼女を見て、四人は警戒を強める。

「あら、警戒しないでいいのよ。私はここへ、貴女方《あなた》と争いに来たのではないのですから」

「……じゃあ、何しに来たのよ」

セリナがアルマに刀《かたな》を向け睨《にら》みつけると、アルマは頬《ほお》に手を当て、そのおっとりとした笑顔を崩さずに答えた。

「情報を教えようと思ってね」

「情報……？」

「ええ、そう。ここに攻めてきている者たちが何者なのか。それに目的はなんなのかを、ね」

ウインクするアルマに警戒心は高まる。けれど、彼女からは敵意を一切感じられないため、セリナも、サナとルナも、エレノアも戸惑《とまど》っていた。

だが、アルマは何か知っている。それが本当か嘘《うそ》かわからなくても、エギルに報告するべきだろうとエレノアは考え、彼女に聞いた。

「その情報を、聞かせていただけますか……？」

「まず、ここを攻めてきてる連中。彼らは着ている鎧も身につけている紋章《もんしょう》も違うでしょ？

つまり、一つの王国が攻めてきているのではなく、複数の国が同じ目的で集まっているのよ」

「複数の国が……？　ということは、同じ目的を持ったいくつもの王国の騎士たちが競争してるということですか？」

「ええ、そうよ。貴女方も気づいてるでしょ、騎士たちの統制が取れていないことに」

アルマは彼らを指差しながら言葉を続けた。

「複数の騎士団が同じ目的のために同じ場所に一直線に向かう。もしここに至《いた》るまでの道が険しいのなら、他国の騎士たちを囮《おとり》にして別の道を進めばいい。彼らの目的は同じだけど、そのためなら他の騎士たちを踏み台にすることも厭《いと》わないわ」

「もしかして……。四か所ある門の内、南門に集中してるのは……」

サナの呟《つぶや》きに、アルマは優しい笑みを返す。

「正解よ。別の門から攻めてる間に他の王国の者に手柄《てがら》を取られないか。それを恐れ、気づいたら一点から攻める形になってしまったのでしょうね。まあ、身勝手な騎士たちの陥《おちい》りがちなことね」

「……じゃ、じゃあ、あの、神教団さんたちは、なんなのでしょうか？」

少し不安げな声で、ルナがアルマへ問いかける。

「そうね、貴女方は、神の湖というのを知ってる？」

「はい。聖力石を投げると新たな職業の力を得られると言われている湖ですよね？」

「ええ、そうよ。彼ら神教団は、この世界に冒険者や魔物を生んだとされるヘファイス伝綬神を崇めていて、その使いとして、神の湖を守護してる。貴女たちは、神の湖がどこにあるか知ってる？」

その問いに、四人は顔を見合って首を傾げる。そしてセリナが口を開いた。

「……どこって、どっかの地下でしょ？　そんなの私たちは知らないし、それが今回のことと何の関係があるの？」

「そう、この世界の人々は知らない、興味がない。だけどね、貴女方がここを大切な家と呼ぶのであれば、もう、無関係ではいられないのよ」

「どういう意味ですか？」

「神の湖はこの世界の四大陸それぞれに必ずある。勿論《もちろん》、このフェゼーリスト大陸の地下にもあるのよ」

「だからそれが」

「もしかして……」

まだ理解できていないセリナに代わって、エレノアが口を開いた。

「……神の湖が、ここの地下にあるのですか？」

その質問に、アルマは満面の笑みで答えた。

「正解。それも使い古された神の湖ではなく、正真正銘《しょうしんしょうめい》、新たな神の湖がね」

「使い古されたとは、どういう意味ですか？」

「言葉通りよ。そうね……ビンの中の水を想像してごらんなさい。それは限られた量しかないの。それを数多くの冒険者に少しずつ少しずつ分配する。そしたらビンの中の水はどうなってしまうと思う？」

「そんなの、ビンの中の水はなくなっちゃうに決まってんじゃん」

「そう、なのです」

　サナとルナは当然のように頷く。

「ええ、当然ながらそうなります。それが、神の湖の現状です」

「つまり、各地の神の湖の水が減ってきたから、神教団は新たな神の湖を欲している。そしてその誰も触れてない神の湖がこの国の地下にある、ということですか？」

「正解よ、エレノアさん。それはこの地に眠る秘宝ともいうべきもの。他の王国の騎士たちもそれを手中に収め、その力を独占しようと攻めてきてるのよ」

　アルマの説明を受けて四人が黙る。そんな中、セリナが口を開いた。

「じゃ、じゃあ、私たちの命とかこの王国が欲しいんじゃなくて、この地下にある神の湖だけが目的だったってこと？　じゃあ――」

　そこで口を閉ざすセリナ。

　この王国を手放せばいい、そう口にしようとしたのだろう。けれど彼女にとっても、他の者たちやエギルにとっても、この王国は簡単に手放していいものではない。これまでずっとここを発展させようと、ここでみんなで幸せに暮らそうと、そう思って行動してきた。

だからセリナは、みんなの命を優先すべきだと思って咄嗟《とっさ》に浮かんだ言葉を呑《の》み込んだ。

そして、エレノアは首を左右に振った。

「……ここは、わたくしたちの家です。ここで暮らすために、みんなで力を合わせてきました。多くの人を巻き込みました。ですから簡単に手放すことはしません」

「では、このままここで、この地を守ると？」

「はい、わたくしたちはエギル様からこの家を守るよう託《たく》されましたから」

エレノアの言葉に、アルマはどこか満足げな笑みを浮かべた。

「そう、それならこのことを彼に伝えてあげて。きっと彼がみなさんを導いてくれると思いますから」

そう言い残して、アルマは踵《きびす》を返す。

「アルマさん、どうしてわたくしたちにこのことを？」

「……」

その問いかけに、アルマは振り向く。

「応援してるのよ、貴女方を」

「……それは、エギル様のためですか？」

エレノアの質問に、一瞬眉《まゆ》を動かしたアルマだったが、すぐに笑顔に戻る。

「さあ、どうかしら」

何も答えないと言われているような感じがして、エレノアは口を閉ざした。

すると、アルマは最後に四人に伝えた。

「クロネリア・ユースという場所をご存知？」

「クロネリア・ユース？」

サナが首を傾げるが、エレノアはその地名を、エギルがこのヴォルツ王国を発展させようと読んだ資料について語る中で聞いたことがあった。

「冒険者が作った、冒険者だけの王国……でしたか？」

「ええ、そうです。そこへ足を運んでみてはいかがかしら？」

「それはなぜですか？」

「──そこへ足を運ぶことが、貴女方にとっても、彼にとっても、良いことだと思うからです」

そう口にすると、アルマはまたカーテシーをする。

「それでは、またいつか……」

それだけ伝えて、アルマは四人の前から姿を消した。

「エレノア、今のどういう意味？」

「さあ、それはわかりません。……ただ、彼女が何かを知ってるのは確かだと思います」

しかし、彼女には謎が多く、その言葉を全て鵜呑《うの》みにするのは危険な気がする。

「エギル様が戻ってから伝えましょう。今はまず……」

この戦況をどうやって乗り切るか、この地をどう守るか、それについて考えるのが最優先だ。

エレノアはアルマが教えてくれた情報を頭の中で反芻《はんすう》し、

「セリナ、アロヘインが多く生えていた地帯はどこか、わかりますか？」

セリナに聞いた。

アロヘイン、それが生えている花壇を追うように騎士たちが南へ向かっていること。

アルマ曰《いわ》く、騎士たちはこのヴォルツ王国のどこかにある神の湖を探していること。

そこから導き出される答えは、アロヘインを道標《みちしるべ》にして、神の湖を探しているということだろう。であれば、アロヘインがより多く生えていた場所がわかれば、先手を打つことができるかもしれない。

「そうね……」

セリナは少し考えた後、

「やっぱり南側が多かったわね。だけど、お城の中も酷《ひど》かったわよ」

「王城内、ですか……？」

「うん、そうそう」

そこで、ルナとサナが思い出したのか、

「そういえば、そうですね。だけど、エレノアさんはエギルさんのお手伝いしてたから、知らないかもしれません」

「あー、エレノアさん忙しそうだったから、王国内のはあたしたちで掃除しちゃったんだ」

とセリナに言う。

「そっか。ほら、エギルさんが商人を呼んで意見を聞いてたとき、エレノアはエギルさんのお手伝いしてたでしょ？　そのときに臭すぎて、私たちだけで急いで掃除しちゃったのよ」

「そう、だったのですね。お手伝いできなくて申し訳ありません……」

そして、エレノアは頭を巡《めぐ》らせる。

もしも彼らの目的の神の湖が南の住民区になければ、次はおそらく、アロヘインが生えていた花壇を辿って王城にもやってくる。

そこまで考え、エレノアは決断する。

「フィーさん、エギル様はあとどれぐらいで戻られますか？」

エレノアが声をかけたのは、自分の肩に乗ったフェニックスだった。

『たぶん、あと一時間ぐらい。ただ、雨が強くてドラゴンの飛行速度が落ちてるみたい。もう少しかかるかも』

「雨が……わかりました」

そして、エレノアは三人に視線を向ける。

「……冒険者のみなさんと共に、全員で王城へ戻りましょう」

「え？」

エレノアの決断に、三人は驚いていた。

「アルマさんが言ったように、連中の目的が神の湖だとして、アロヘインが生えていた場所を道標に辿っているとするなら、南門周辺の家を探して見つからなかった場合、次に向かうのは王城になります。なので、彼らを王城にて迎え撃つことにします」

「迎え撃つって……それは、籠城《ろうじょう》するってこと？」

「そうです」

「でも、エレノアの予想が正しくて、もし王城に騎士が一斉に攻めてきたら、囲まれて逃げられなくなるわよ？」

「ええ、そうなります。なので、エギル様が到着するまでの一時間だけ、みんなで堪《た》えるのです」

そして、エレノアはフェニックスを通してフィーに伝える。

「エギル様にお伝えください。わたくしが考えた、このみんなの家と、家族を守る作戦を――」

エレノアはフィーと、セリナたち三人に自分が考えた作戦を伝えた。

◆

『――わかった。エギルにも、南門で戦っている冒険者たちにも伝える』

エレノアが作戦を伝えた頃、夜空から雨が微かに降り出していた。

希望の雨か、絶望の雨か、それはわからない。けれど、フィーも、セリナたち三人も、エレノアの作戦を聞いて乗ってくれた。

「わたくしたちも急いで戻りましょう。籠城戦の準備をします」

フェニックスが四方の門へ向かって飛び立ったのを見て、エレノアたちは王城へと向かう。

「エギルさんが戻ってくるまで持ち堪《こた》える、絶対」

「やるしかないなら、やってやろう」

「わたしも、頑張ります」

三人の表情には明るさこそないものの、決して諦《あきら》めや絶望の色はなかった。

――そして、王城へと戻ってきたエレノアたちは、正面入り口を前にしたロビーで籠城戦の仕度《したく》を始めた。敵からの矢を防ぐ大きく分厚い板など、考えつく最善の準備を。帰還《きかん》した冒険者たちのために、空腹を満たせる簡単な食事や救護の場も用意した。

「エレノアさん！」

それから数分後、最初に王城に戻ってきたのはゲッセンドルフやハボリック、それにハルトたち北門を守っていた者たちだった。

おそらく空を飛行して四方を回るフェニックスから話を聞くよりも、ゴルファス伝いで知らされた方が早かったのだろう。

「みなさん、ご無事で何よりです」

「ええ、なんとか。来る途中、北の三の門はフィーさんの指示で閉めてきました。他の門も。これで少しは時間を稼《かせ》げるはずです」

「ありがとうございます」

「それより、聞きました。ここで籠城戦をすると」

ゲッセンドルフが口にすると、他の冒険者たちは不安そうにエレノアを見つめる。

この作戦で上手《うま》くいくのかどうか、それを心配しているのだろう。エレノアだって、籠城戦の準備をしつつもずっと心配だった。だけど不安が頭をもたげるたびに大丈夫だと自分に言い聞かせた。

全員の生死を分かつ決断をして、本当に自分の選択は正しかったのかという不安。

この作戦ならば、みんなを、エギルに託された全てを守り抜けるという自信。

そんな両極端な気持ちが脳内を何度も交錯《こうさく》する。

少しずつ傷を負った冒険者たちが帰還すると、セリナとルナが軽い食事を渡し、サナが傷を癒《い》やす。そんな状況の中、一階のロビーにいる彼らの目は不安そうに、二階にいるエレノアに向けられていた。

彼らの視線を、エレノアは感じる。今ここには王国で暮らす冒険者全員がいるはずだが、誰一人欠けることなく無事で良かったと安堵《あんど》する余裕はない。

「――来た！」

二階の窓から南の三の門を監視していた冒険者の声が響く。

「敵ですッ！　こっちに向かってますッ！」

来るのが早い。エレノアの計算ではもう少し後に王城を攻めてくるはずだった。さらに攻めてくる人数も、予想よりも多い。

「……王城に目的のものがあると判断したということですか」

エレノアが小さく声を漏らす。

どうする、どうすればいい？　エギルが戻ってくるまで一時間かかる。フィーにそう言われてからどれくらいの時間が経《た》った？　二十分くらい？　あと四十分？　ここで堪えられるのか？

「エレノアさん、真っ直ぐこっちに向かってきます！」

周囲の空気が一気に緊張する。

全員の視線がエレノアへ向くが、彼女の頭の中では未《いま》だに多くの言葉が飛び交《か》っていた。

迎撃《げいげき》しましょう。二階から侵入してきた者を狙って矢を放ってください。エギル様が戻ってくるまで全員で堪えましょう。

敵が見えてから全員に伝えるはずだった。予想より早い襲来《しゅうらい》によって、その言葉が口から出てこない。頭が真っ白になってしまった。

もしかしたら自分の一言で誰かが死んでしまうかもしれない。

もしかしたら自分の決断でここにいる全員が殺されてしまうかもしれない。

そう考えると声が出ない。これほどまでに、戦場で指揮を執《と》るということは恐ろしいものなのだと、エレノアは初めて知った。

「まずは……」

「エレノアさん、連中がこっちに向かってきてます！　指示を！」

不安から小さくなったエレノアの声が冒険者の声に掻《か》き消される。

ロビーで武器を構えている冒険者たちに緊張が走る。籠城戦だと、敵に四方を囲まれれば逃げ場がない。体力が底を尽けば一巻の終わりだ。

しかし、そうしたのはエレノア。それが彼女の不安をより大きくする。

「エレノアさんッ！」

ハボリックが大声を発する。いつものお気楽な笑顔とは違って、真剣な表情だった。

「ここにいる冒険者や自分たちは戦略なんて考えたことがありません！　今まで旦那《だんな》の指示に従ってクエストを受け、旦那と一緒に戦って冒険者として成長してきた者たちっす！　だから、だから……」

何を言いたいのかハボリックは自分でも理解していないのだろう。けれど、エレノアの目を見て、はっきりと伝えた。

「あなたは、今はここにいる誰よりも冷静にものを考え、指揮できる方です！　旦那の代わりでなく、今はここのリーダーっす！　どんなに苦しい状況でも、自分たちはここを死守しますッ！　だから、リーダーが俯《うつむ》かないでくださいッ！　思った通りに、考えた通りに、自信を持って指揮してください！」

「ハボリックさん……」

ハボリックの言葉に、ゲッセンドルフが続く。

「そうですよ。エギル様がいない今、私たちを指揮するのはあなたです！　そんなあなたが俯いてどうするんですかッ!?」

「あなたは旦那にここを、俺たちの命を託されたはずっす。だったら俺たちの命を好きに使うっすよ！　命令するっすよ！　それが、旦那があなたに託した、あなたにしかできないことっすから！」

ゲッセンドルフとハボリックがエレノアにそう告げ、周りの冒険者たちが頷く。

全員を鼓舞《こぶ》する言葉、皆が団結できる言葉、エレノアの指揮を全員が待っていた。奴隷《どれい》ではなく、エギルの代わりでもなく、全員が認めた、この場のリーダーであるエレノアの言葉を。

そして、セリナたち三人もエレノアの言葉を待っていた。

「私たちは戦う。このエギルさんが帰る家を、みんなの平和を守るために！」

「だからエレノアさん、あたしたちに指示を出して！」

「エレノアさんの言葉を、みんな、待ってます！」

王城にいる全員の声を受けて、エレノアの中にあった不安や恐怖が一瞬にして消え去った。

「そう、ですね」

エレノアはロビー全体に響き渡るほど大きな声で伝えた。

「エギル様は必ずこの地に戻ってきます。そして、みなさんの家を守ってくれます。だから――」

エレノアはゆっくりと手を前に伸ばす。不安や恐怖に陥《おちい》っていた場に、天使が舞い降りたように、みんなの心を明るく染めていく。

「戦いましょう。我々の王国を――我々の家と家族を守るために！」

言葉の力なんて些細《ささい》なものでしかない。誰もがそう思うだろう。けれど時としてほんの些細な言葉が力になることもある。

「よし、迎撃だお前たち！　絶対にここを死守するぞ！」

『ウオオオオオオッ！』

王妃《おうひ》の声に、冒険者たちが奮起《ふんき》する。

先程まで心の中にたちこめていた暗雲が一瞬にして晴れた。

そしてエレノアは冒険者たちを見回しながら指揮をする。

「正面から攻めてきた敵を、ゲッセンドルフさんとハルトさんとセリナが先頭に立って迎撃してください！」

その声に、ゲッセンドルフたちが頷き、表口の守りを固める。

「遠距離から攻撃できる方は二階から牽制を！　時間稼ぎでも構いません、できるだけ城に攻め込まれないようにしてください！」

サナやルナといった後方から攻撃できる者たちが二階の狭間《さま》からすぐさま攻撃を仕掛ける。

その一方、仲間たちを支援しようと、エレノアは詠唱を始める。

「一角獣の聖獣よ、混沌《こんとん》とした世界に一閃《いっせん》の輝きを。我々を栄光ある勝利にお導きください

――称呼――ユニコーン！」

両手を広げたエレノアの背後から一角獣の聖獣が浮かび上がる。

眩い光に包まれた馬の姿をした聖獣ユニコーンは、その白き羽を広げると、大きく翼を羽ばたかせた。

吹き抜けのロビーを飛ぶユニコーンから眩い鱗粉《りんぷん》が降りそそぎ、それに包まれた冒険者たちの傷が癒える。エレノアが使える中で最も強力な広範囲の回復魔術。

それほど強大な力を使用したエレノアは、ガクッと膝《ひざ》から崩れかけるが、

「エレノア!?　大丈夫？」

それをセリナが支える。

「ええ、なんとか」

「良かった。今まで使ったことないでしょ、無理しすぎよ」

「そうですね、ですが、みなさんの力になりたかったので……」

サナとルナが主体となって狭間から矢や魔術を放ち、一階のロビーではハルトたちが攻めてきた騎士たちを迎撃する。

必死に戦ってくれる仲間たちの負担を少しでも軽くしたいという思いが、エレノアにこの召喚術を使わせたのだろう。

そんな王妃と呼ぶに相応《ふさわ》しい振る舞いをみせるエレノアを見て、セリナはどこか寂《さび》しそうな小さな声を漏らす。

「……やっぱり、エレノアはエギルさんの王妃様なのね」

「え……？」

「私も行ってくるから、あんま無理しないでね」

セリナはそう伝えると、ロビーにいる騎士たちのところへ走り出した。

セリナはきっと、自分とエレノアの違う部分を見てしまったのだろう。

だがエレノアも、エギルから教わった剣技で敵を圧倒するセリナを羨《うらや》ましく思っていた。

「……セリナは、エギル様に教わったその力で、背中を預け合い、共に戦えるではないですか」

その小さく漏らした言葉はセリナには届かない。

セリナに限らず、サナやルナやフィーにも、それぞれ他の誰も持っていない魅力や、誇れる部分がある。

それを羨ましく思う時はある。けれどそこに優劣はつけない。

「エギル様は、そういう方ですから……」

だから全力で、自分のできることをやる。

ロビーへと次から次に攻めてくる騎士たち。それをセリナたちが迎撃し、その負担を少しでも減らすためサナやルナたちが二階から攻撃する。

分断するも、引きも切らず攻めてくる騎士たちを相手にするのは楽ではないが、劣勢状態にもならなかった。

だからこのまま時間を稼いで——エレノアがそう思った時、

「エレノアさん、雨が強くて矢が届きません！」

ルナの声が響く。

いつしか弱かった雨が本降りへと変わり、敵へと鋭く放たれていた矢が空中で雨に打たれ、相手に届かない。

それにより、足止めできていた騎士たちが一斉に王城へと侵攻してくる。

「そんな……」

エレノアは次の策を考える。だが思いつかない。

「エレノア！」

ロビーで戦っていたセリナの声が届く。

「私たちが外に出て敵を食い止めるから！」

そして、セリナはハルトや他数名の冒険者たちに視線を向ける。

「ハルトさん、みなさん、お願いできますか？」

「もちろん、喜んで」

その意見に賛同したのか、ハルトたちは大きく頷いた。

「セリナ、ですが――」

「矢が届かないなら、ここでずっと守っててもいずれ一気に攻め込まれるだけ……大丈夫、私たちは死なない。心配しないで」

そう言って、セリナは他の冒険者たちと共に入り口を抜け、外へ向かって走り出した。

セリナの決断のお陰で、王城の敷地内へと侵攻していた騎士たちの半分ほどがセリナたちへと向かい、一斉に攻められることはなくなった。けれど、少人数だけに、雨によって視界の悪くなった外で戦うのは分《ぶ》が悪い。

ましてや、長時間となると――そんな時だった。

フェニックスを通じてフィーの声がした。

『エレノア、お待たせだって』

◆

——エレノアが籠城戦を行うという決断をエギルに伝えた頃。

雨降る中、大空を舞う二頭のレッドドラゴン。

そのドラゴンの背に乗るエギルは、目を閉じ、目的地へ到着するのを静かに待っていた。

「見て見て、シロエ！　大陸があんなにちっちゃいよ！」

「そうですね。ほら、あそこの街」

ドラゴンが風を切る音と共に、前に座るクロエとシロエの声がする。

真下に見える大陸を指差すクロエは、真っ白い雲の間近《まぢか》にいることに舞い上がっているのか、頭の上でお団子《だんご》のようにまとめた髪を揺らしながら、大きくはしゃいでみせた。

それを見て胸元まで髪を伸ばしたシロエは、上品に口元に手を当てクスクス笑う。それでも時間が経てば経つほど、ソワソワし始めているのは、これから二人の姉、セリナと会うからだろうか。

「下手に動いて落ちるなよ」

そんな二人を見て、エギルは笑みを浮かべる。

「平気平気！　エギルも見て……って、なんで笑ってるの？」

「本当です。何を笑ってるのでしょう」

　クロエとシロエは首を傾げる。

「いや、少し嬉《うれ》しいことがあってな」

「んー？　なにかあったの？」

「あったといえば、これからの作戦について、このウサギちゃんが喋《しゃべ》ってたことぐらいですが」

　シロエはエギルが抱く白ウサギのエリザベスを撫《な》でる。

　シロエの言う通り、エギルの周りであった出来事というと、エレノアから作戦について伝えられたことくらい。それも危険な作戦。けれど、それを彼女から伝えられ、協力を求められたことがエギルにとっては何より嬉しかったのだ。

　――エレノアが自分で考え、周囲の仲間を指揮する。

　決して自分からは何も決断しなかった最初の頃の――奴隷と自分自身を蔑《さげす》んでいた――エレノアと違う姿に触れ、エギルは嬉しく思っていた。

　すると、前を飛ぶドラゴンの背に乗ったレヴィアが振り返る。

「エギルよ、そろそろ到着するのじゃ」

　その言葉を受け、エギルも地上に視線を向ける。

大きく広がる森林のなかにある王国の中心に聳《そび》える王城を見て、エギルは息を吐く。

「エギルよ、どこに着陸するかのう？」

レヴィアの問いかけに、エギルは即答する。

「王国の南側に回り、王城を攻めてる連中の背後を狙う。挟み撃ち。それがエレノアの作戦だからな」

「うむ、では旋回して後方より攻めるのじゃ」

それを聞き、二頭のドラゴンは雲上でぐるりと回った。

「シロエ、クロエ、これから戦闘に入る。手を貸してくれるか？」

「わかってる、おねえちゃんのためだもん」

「ええ、私たちも戦います。お姉ちゃんを助けるために」

エギルは笑顔を浮かべると、二人の頭を撫でた。

「フィー、エレノアに合図を」

『わかったよ。少し待ってて』

エギルは頷く。それから少しして、フィーが合図したと知らせてきた。

『カウントするよ、準備はいい？』

「ああ、構わない」

エギルは目を閉じると、クロエとシロエが落ちないように後ろから抱きしめる。

『それじゃあ、3、2、1……』

エギルたちが乗るドラゴンは黒雲を突き抜け、南の三の門辺りに降り、王城を攻めていた騎士たちの背後から出現する。

数百もの騎士たちが、突然のドラゴンの出現に驚いていた。

「人の家に、家族に手を出したこと――後悔しろ」

そして、エギルはドラゴンの上から右手を前に出した。

「――無限剣舞《エンドレス・ソード》」

無数の剣が、南の三の門に向かう騎士たちの進路を封鎖《ふうさ》するように召喚される。

進む道を閉ざされた騎士たちは右往左往《うおうさおう》しながら、ドラゴンに乗るエギルへと剣を向けるが、彼に睨まれると足が止まり、全身を委縮《いしゆく》させていた。

「さあ、行こうか……」

エギルはドラゴンから降り立ち、王城へ向かって進む。騎士たちは脅《おび》えたように後退《あとずさ》りする。

彼らはエギルと戦うか、南の門から逃げるかしか選択肢《し》がなかった。

エギルは敢《あ》えて逃げ道を与えた。

それはエギルが王城に立てこもっている者たちの身を案じて、戦闘を早く終わらせたいと思ったからだろう。

そして、騎士たちはエギルとの力量差を感じ、攻めることを放棄《ほうき》して、撤退した。

「このまま進むぞ」

エギルたちは急いで王城へと向かって駆け出した。

◆

「もしかして、エギルさんが……」

南の三の門から攻め込んでくる騎士の数が極端に減ったお陰で、セリナたちは敵を一掃することに成功した。ようやく雨が上がった戦場には、ゲッセンドルフやハルトや冒険者たち、それに——セリナの安堵した姿があった。

「おねえちゃん！」

「お姉ちゃん！」

セリナを見つけたクロエとシロエは、勢いよく姉のもとへと走り出した。

セリナの胸に、クロエとシロエは飛びついた。

「無事で……無事で良かったよ、おねえちゃん！」

「本当ですよ、お姉ちゃん！」

「え、あっ、えっ……シロエと、クロエ……なの？」

セリナは困惑《こんわく》しているのか少し震えた声を発した。

「そうだよ、そうなんだよ、おねえちゃん！」

「ずっと、ずっとずっと捜してたんです！」

「そん、な……二人が……」

冷たい雨に濡《ぬ》れそぼるセリナの頬に、温かい涙が流れる。

戦う時は凛々《りり》しく、みんなといるときは頼もしく、サナとルナに対しては実の姉のように接していた明るい彼女だが、今だけは感情を露《あらわ》にしていた。

「やっと……や、とっ、会えた。無事で、良かったよっ……シロエ、クロエ！」

エギルがシロエとクロエが出会えたのは偶然だった。しかし、それは二人がセリナを捜していなければ、そして、セリナがエギルのもとへ来なければ、叶《かな》わなかったことだ。

だからこうして再会できたのは、三人が互いを想っていたからなのだとエギルは思う。

「おねえちゃっ、会いたかったよっ、おねえちゃんっ！」

「私もですよ、お姉ちゃんっ！」

二人は泣き叫び、空白だった姉との時間を埋めるように、セリナに抱きつく。そしてセリナもまた、涙を流しながら、二人を力一杯抱きしめていた。

「うん、うんうん……私も、だよ。……守ってあげられなくて、ごめんね。……弱いお姉ちゃんで、ごめんね。怖い思い、いっぱい、いーっぱいさせて、ごめんね」

セリナは綺麗な涙を流しながら、エギルに満面の笑顔を向けた。

「エギルさん……ほんとうに、ほんとうに、ありがとう……ございますっ！」

その言葉に、エギルは笑顔で応《こた》えた。

「──エギル様！」

突然、聞き慣れた声がした。

「エレノア」

ボロボロになったドレスに、体中擦《す》り傷だらけのエレノアは、エギルを見るなり涙を浮かべながら微笑《ほほえ》んだ。

その後ろには、サナやルナ、ゲッセンドルフたちがいた。

「……お待ち、しておりました」

目の前まで走ってきたエレノアは沈んだ表情に変わり、零《こぼ》す言葉は苦しげで、申し訳なさが滲《にじ》み出ていた。

「エギル様の留守を守れず、心配をかけてしまい……」

謝るつもりなのだろう。そんな彼女の頭に手を置き、エギルは笑顔を浮かべた。

「よく、守ってくれたな。ありがとう」

そう言葉をかけると、エレノアは子供のような笑みを見せた。

「はい、みなさんのお陰です」

エギルは頷くと、サナとルナに顔を向けた。

「二人も、よく頑張ってくれたな。ありがとう」

「えへへ、疲れたよ、もう」

「みんな無事で、良かったです」

「ああ、本当によかった。ところで、これからだが――」

「実はエギル様、騎士の方々はどこの王国から来たのかはわかりませんが、白いローブの集団はヘファイス伝綬神を崇める者たちで、この王国のどこかにあるらしい神の湖を探しているようです」

「神の湖が……ここに」

エギルたち冒険者にとって神の湖なんてのは、どこにあるかわからないし、まるっきり関知していない場所。

それがどうしてここに。そう思った時、エギルは少し前の記憶を思い出した。

「まさか……」

それはレヴィアが言っていたこと。

『ヘファイス伝綬神が勝手に描いた世界の在《あ》り方。人間は魔物を殺し続ける。魔物は人間の力関係を象徴する存在にすぎない。それが世界の在り方だと、そう勝手に決めたのは、あの腐った神とやらじゃ。我ら魔物が生きたいと願っても人間に命を狙われるように仕向けているのは、あの神と名乗る愚《おろ》か者ではないか』

レヴィアはヘファイス伝綬神を憎《にく》んでいた。

だからもし、彼女がここに神の湖へと続く道があると知っていたなら、ヘファイス伝綬神に近づくために《ゴレイアス砦侵攻戦》というクエストを受けたのも頷ける。

「レヴィ――」

レヴィアへ視線を向けると、彼女はドラゴンに乗ったまま、

「近いうちにまたここへ来るのじゃ。その時に、ゆっくりと話すとするかのう」

そう言って、レヴィアともども二頭のドラゴンは大空へと羽ばたく。

すっかり雨が止《や》み、空には朝日が昇っている。

エギルはゲッセンドルフたちに視線を向ける。

「お前たちもよく戦ってくれた。すまない、助かった」

「いえいえ、エレノアさんたちが戻ってきてくれたお陰です」

「それでも助かった。よくこの少ない人数で凌《しの》げたな？」

そう聞くと、エレノアは苦笑いを浮かべた。

「実は……エギル様のお知り合いの二人に手を貸していただきました。彼らが王国の外からの侵入を凌いでくださっていたのです」

「王国の外からの侵入を二人で？　それも俺の知り合い？」

そう言われてもエギルには誰の顔もすぐには思い浮かべられなかった。

騎士たちの侵入をたった二人だけで凌ぐことなんて、相当の実力がなければ不可能だろう。

それはエギルと同じSランク冒険者の称号を得た――

「まさか……シルバさんと、もう一人はリノか？」

知り合いで考えられる人物はその二人しかいなかった。

「ええ、そのお二人です」

「そうか」

エギルはお礼を述べようと足を踏み出したが、すぐに立ち止まり、遠くを眺《なが》める。

二人ならきっと、もう近くにはいないだろう。エギルがここへ到着し勝利したのを見届けて、何も言わずにどこかへ向かっただろう。

「二人は、元気そうだったか？」

そう問いかけると、サナが口を開く。

「初めて会ったときは、シルバさんは胡散臭《うさんくさ》くて、リノさんはすっごく怖かったよ！」

「シルバさんは、まあ相変わらずか。リノが怖かったなんて意外だな」

「エギル様、そうなのですか？」

「ああ、昔のリノは臆病《おくびょう》だったからな」

エギルが頷くと、サナとルナが疑いの眼差《まなざ》しを向けてくる。

「まあ、元気そうならよかった。それに……」

世界が何かしら変わろうとしているのがエギルにもわかる。そして、その変化に二人も巻き込まれるに違いない。なにせシルバもリノも――そしてエギルもそういう運命に生まれた者なのだから。

一言でもいいから話をしたかった、というのが正直な気持ちだが。

そんなことを思いながら、エギルはこの戦いが終わった戦場でみんなと笑い合うのだった。

二章　二人の温もりを

Warmth of the two

雨が止《や》み、太陽が昇り、空は微《かす》かに明るくなっていた。

エギルのいる王城の一室から外を眺《なが》めると、広場ではこの地を守った冒険者たちと、後から到着した湖の都の面々がお祭り騒ぎをしていて、窓を閉じていても屋台の美味《おい》しそうな匂《にお》いがしてくる。

そんな中、エギルはハボリックとゲッセンドルフとこれからの話を始めた。

まずは、ここを襲《おそ》った連中が誰なのかを探ること。だけど二人は、その話を聞くなり難しい表情を浮かべた。

「んー、それは難しいっすね」

「エギル様、わたしもそう思います」

「……そうか」

「連中がどこかの王国の騎士の集まりということはわかりますが、なにせ旗《はた》も、統一された鎧《よろい》も、なーんもなかったっすから、どこの王国の連中かってのを特定するのは無理っぽいっすね」

「ええ、ハボリックの言う通り、特定するのは無理でしょう。生け捕りにした奴《やつ》がいれば可能性はありましたが」

「……そうだな」

エギルの帰還《きかん》によってこの地を占拠《せんきょ》できないと悟った連中は、即座に撤退を始めた。その者たちをゲッセンドルフは追ってみたものの、全《すべ》て逃げるか自害するかいずれかに分かれ、結果、何も情報を得ることはできなかった。

「それよりも一度、南の住民区の家を一軒一軒探すのがいいかと」

「あるかもしれない神の湖か……そうだな、それが先だな」

エギルは頷《うなず》く。

「んじゃ、俺たちはお祭りに参加してくるっすよ」

「だな、それじゃあエギル様、失礼しますね」

「おい、俺も一緒に行くぞ？」

話は終わった。ならここを守ってくれた仲間を労《ねぎら》う意味でも、外の祭りに参加するのがいいだろう。

そう思ったエギルに、二人はニヤリと笑って部屋の扉を見る。

「待ち人が二人いるっすよ、旦那《だんな》」

「なに?」

「だからわたしたちはこれで、それでは」

二人は逃げるように出て行く。彼らと交代するように入ってきたのは、エレノアとセリナだった。

「エギル様、お話は終わりましたか?」

「ん、ああ。二人でどうしたんだ?」

エレノアがニコニコと嬉《うれ》しそうに微笑《ほほえ》みながら、顔を赤らめているセリナの背中を押す。

「セリナからお話があるそうですよ」

「えっ、あの……」

セリナは人差し指の先をちょこんと付けたり離したりしていた。

セリナのこんなぎこちない態度は珍《めずら》しい。そして意を決したように彼女が顔を上げると、

「シロエとクロエを見つけてくれて、あの……ありがとうございました」

「別に気にしないでくれ。それに、見つけられたのは偶然で、何より二人がセリナを捜していたから見つけられたんだから」

「二人も、すっごく喜んでました」

「そうか。それなら二人の側《そば》にいてやらなくていいのか?」

セリナにそう言うと、彼女は艶々《つやつや》したピンク色の髪を撫《な》でる。

「二人は泣き疲れたみたいで、私の部屋で寝ちゃってます。それに今日はちょっと……エギルさんにお願いがあって……」

「お願い？」

「ふふふっ、エギル様は鈍《にぶ》いですね」

おっとりとした雰囲気《ふんいき》で微笑んだエレノアは、エギルにぴったりと寄り添う。

エギルの左腕を包み込む久しぶりの柔らかい胸の感触。そしてセリナも、反対側の腕をギュッと摑《つか》む。

「感謝の意味も込めて、セリナから重大なお話があるそうですよ？」

「重大なお話……？　なんだ？」

「あ、あの、その……えっと、ですね」

どんどん腕を摑む手に力がこもるセリナ。そして上目遣《うわめづか》いで、彼女はエギルを見つめながら、

「……三人で、前にしたいって言ってたので……しても、いい、ですよ」

「三人？」

一瞬、何を言ってるのかわからなかった。

「え、ええっ、あの、エギルさんが前……」

だが、慌《あわ》ててパタパタと手を振って顔を赤くするセリナを見て思い出した。

「三人でするってのは、そういうことか？」

「あ、あの……エギルさんがしたいなら……はい」

「もう、セリナは素直じゃありませんね。本当はすぐにでもしたかったくせに」

「う、うるさいわねっ！　あんたじゃないいんだから、別に、その……」

素直ではないセリナを微笑ましく見つめるエレノアに、セリナはもごもごした声を漏《も》らす。

その反応が面白《おもしろ》くて、エギルはセリナの腰を抱き寄せる。

顔が近づき、熱を帯びたセリナの顔は少し涙目にも見えた。

「したく、ないのか？」

「ち、ちがっ、私は、その……」

「したくないのか？」

更《さら》に上気《じょうき》するセリナの頬《ほお》。

「も、もう！」

セリナはエギルの頬を両手で引き寄せると、

「したいに決まってるじゃないですかっ、エギルさんの意地悪っ！」

優しいキスをした。

◆

二人は今日、どちらがするかで話し合っていたらしい。

フィーは「遠慮する」という決断に至《いた》り、華耶《かや》は「今日はみんなと朝まで呑《の》む」と外で騒いでいる。

そして残った二人が出した結論は、

「――久しぶりだと少し恥《は》ずかしいですね」

「――や、やっぱり、エレノアに覗《のぞ》き見られるのは恥ずかしいかも」

同時にするということだった。

この決断に至ったのは、エレノアもセリナも、今日は肌《はだ》を重ねたかった、寂《さび》しかったからだという。

どちらも今日がいいと。絶対に譲《ゆず》れないと。

議論の末、元から三人ですることに興味があったエレノアに押し切られ、二人っきりが良かったセリナは渋々《しぶしぶ》同意したらしい。

――そして現在に至る。

エギルが露天《ろてん》のお風呂場の椅子《いす》に座り、待たされること五分。

純白のバスタオルに身を包んだ二人が、ペチペチと床を素足が叩《たた》く音を立てながら、こちらへと歩いてくる。二人の金色と桃色の髪が明るく輝いている。

その表情は対照的だった。

エレノアは堂々と、期待に満ち溢《あふ》れた顔で、豊満な胸をバスタオル越しに優しく押し上げる。

対して、セリナは赤く染めた顔を俯《うつむ》かせながら、胸を力一杯抱き寄せている。

「綺麗《きれい》だな……」

久しぶりだからか、より一層、二人の姿が美しく感じられた。

そして二人はエギルの隣まで歩み寄ると、左側にエレノアが、右側にセリナが来て、エギルを上目遣いに見る。

「ふふっ、久しぶりですから、セリナだけでなく、わたくしまで緊張してしまいますね」

「エレノアは緊張してないじゃない、もう……」

そして二人は、エギルをジッと見つめる。

「……では、久しぶりのエッチを三人で楽しみましょうか」

「緊張するけど、エギルさんがしたいならいいですよ……」

二人同時にするのは初めてということもあり、いつも以上にエギルは緊張していた。それでも、朝日に照らされ、瑞々《みずみず》しい肌を輝かせている二人に、両側に座られると、緊張など消え去るほどの興奮《こうふん》を得ていく。

エギルの腰に巻かれたタオル。そのタオルの間にエレノアの手が潜り込むと、負けじとセリナの手も滑り込む。

「もう、こんなに硬《かた》くなって……エギル様、二人を相手にして興奮してます？」

覚える。

「エギルさんが喜んでくれるなら、私も頑張りますね……」

綺麗な二人を相手にできることを喜ばない男はいないだろう。けれど同時に、不安や焦《あせ》りを

——二人を満足させなくてはいけない。

どちらか片方だけではなく、どちらとも満足させて、この離れていた数日間を埋められるほどの幸福感を与えなくてはいけない。

だが二人は、エギルの気苦労も知らんぷりで、身体《からだ》をエギルに寄せ、少しひんやりした手を上半身にあてた。

「あとでたっぷりと、この大きくて硬いモノのお相手をいたしますので」

いつも以上に興奮させる口調のエレノア。それに負けじと、セリナは立ち上がり、エギルの横へ移動すると首筋へと舌《した》を這《は》わせる。

「ん、ちゅ……ん、れろっ……エギル、さん……私が、エギルさんのこと、いっぱい気持ちよくさせますからね」

唾液《だえき》でマーキングするように、セリナの舌はねっとりとエギルの首を濡《ぬ》らしていく。先程までの羞恥《しゅうち》を微塵《みじん》も感じさせない姿に、エギルは微かに声を漏らす。

「……っつ、セリナ……」

その弱々しい声を聞き、セリナは嬉しそうに微笑む。それを横目に見ていたエレノアは、手をエギルの胸元にあてがいながら、乳首を舌先で転がし始める。

「ちゅ、んあっ……ふふっ、いつもセリナはそんなにいやらしく、エギル様の首を舐《な》めるのですね」

その言葉を聞いたセリナは、エギルの首筋を舐めつつ、横目でエレノアを見ながら答える。

「……そういうの、言わなくていいから……あん、ちゅ……エギルさんに、もっと気持ちよくなってほしいんだもん」

「では、わたくしも負けないように……ちゅ、あぁ、ん」

立った状態のセリナに首筋を舐められ、目の前で膝《ひざ》をつくエレノアに乳首を舐められる。

時折、互いに視線を交差させる二人の行為は、エギルから見ても競い合っているのがわかる。

対抗心からか、二人の行為は徐々《じょじょ》に大胆《だいたん》になっていき、バスタオルは微かにはだけ、目の前では豊満な乳房が揺れ、横では二の腕が触れたりしている。

「エギル、さんっ……」

「ん、はあ……セリ、ナっ……」

セリナは首筋から唇《くちびる》を離すと、頬を赤く染めながら、エギルの顔を自分へと向けさせ、キスをした。

「んっ、ちゅ……ああっ、んちゅ……もっと」

ずっと我慢《がまん》していた何かを爆発させるように、セリナは口の端から唾液を垂《た》らしながら、エギルの口内へと舌を挿《い》れてくる。

「もっと、もっと……ちょうだい、エギルさんっ……」

絡《から》み合う舌。呼吸すらできないほど激しく、セリナはエギルの舌に自分の舌を絡めたり吸ったりと、いつもより大胆にエギルを求めていた。

そんな二人の様子を見ていたエレノアは少しムスッした表情を浮かべると、エギルの太腿《ふともも》に置いていた手で、エギルのタオルを取る。

「エギル様……そんなにセリナばかり構ってると、わたくしでも妬《や》いてしまいますよ？」

「うっ！」

肉棒を優しくエレノアの手が包み込む。セリナとのキスでエレノアへと視界が向かず、いきなり下半身に強い刺激が襲い、エギルの全身がビクッと反応する。

「ふふっ、セリナばかり構っていられないようにしてさしあげますね……」

エレノアは舌を屹立《きつりつ》した肉棒に這わせ、裏側を舐め上げる。それだけでエギルの全身がまた大きく反応する。そして、セリナが唇を離したときに少しだけ見えたエレノアの表情は笑っていた。

「気持ちいいですか、エギル様……？」

「あ、ああ」

「それは良かったです。では、このおっきくて、熱いおちんちんを、もっと気持ちよくいたしますね」

エレノアの舌が丹念《たんねん》に肉棒を舐める。触れた箇所が熱く、問答無用に快感を与え、エギルに声を漏らさせる。

そんな様子を見て、今度はセリナがムスッとした表情を浮かべた。

「エギルさん、もっと……もっと、キスしよっ……ほら」

柔らかい感触の唇が再び重ねられる。舌を絡められ、セリナの手が忙《せわ》しなくエギルの上半身を撫でる。

上も下も、エギルの身体は今まで以上に快感を覚える。だがこのままでは、二人のペースに呑まれ、ただただ奉仕《ほうし》されるだけで終わってしまう。

「セリナ、膝に乗ってくれ」

キスを止め、エギルはセリナを右膝に乗せる。既《すで》に二人の身体を覆《おお》っていたバスタオルは、彼女たちの激しい行為によって床に落ちている。そのため膝に乗せたセリナの肌の感触をはっきりと感じる。エギルが動けば秘部がぬめっと濡れているのがわかる。

「ん、エギル、さんっ……」

「キスでこんなに濡らして。セリナ、自分で擦《こす》ってみろ」

命令口調で伝えると、セリナは頷き、前後に身体を揺らして自身の敏感な部分をエギルの太腿に擦りつける。

ぬちゃぬちゃと、セリナが動くと同時に淫《みだ》らな音が響き、彼女は上半身を仰《の》け反《ぞ》らせながら喘《あえ》ぎ声を漏らす。

されるがままでは、エギルは男としての威厳《いげん》が崩《くず》れてしまうと思った。だから強引な作戦に出た。それが上手《うま》くいき、エギルは心の中で安心する。だが、

「セリナ、簡単にイってはダメですよ……ちゃんと、エギル様に奉仕しないと」

エギルの心を見透かしたかのようなことを言って、エレノアは根本から舐め上げていた舌を最も敏感な亀頭《きとう》へと移動させる。

「……ん、ぐっ」

大きく身体を震わせるエギル。エレノアはその反応に喜びの笑みを浮かべ、セリナは腰を前後に動かしながら、エギルの手を自分の乳房へと持っていく。

「わかっ、てる……エギルさんは、こう、して……胸を触りながらだと、もっと、興奮しますよね……？」

快感を堪《こら》えながら、セリナはまたエギルにキスをする。

セリナの柔らかな乳房を揉《も》みしだき、エレノアには肉棒を舐められる。最高の快楽に襲われながらも、エギルはセリナを絶頂に至らせようと乳首を指先で弄《いじ》る。

——戦いはまだ終わってない。

エギルは自分の男らしさを守るために。エレノアとセリナは自分が最もエギルを気持ちよくさせられると証明するために。

三人はまるで戦ってるかのように欲望に身を任せ、相手を求めていく。

「それでは、そろそろ……」

エレノアは舌なめずりすると、我慢汁《じる》を漏らす肉棒の先端に唇を触れさせ、その大きなモノを呑み込んだ。

一瞬にして肉棒が口内の温《ぬく》もりに包まれる。エレノアはエギルを上目遣いで見つめながら、亀頭を舌で転がすように舐めていく。

その快感に、エギルの行動が止まる。

「エギルさん、気持ちよさそう……」

セリナは淫らに腰を振りながら、エギルに微笑みかける。

下腹部ではエギルの感じる部分を的確に責める口淫《こういん》が続き、膝上には腰を振り、柔らかな乳房を堪能《たんのう》させるセリナがいる。

そんな状況でエギルが長く堪えられるわけがなかった。

「……最後は、二人でしてくれるか？」

どうせ果てるなら最後は二人にしてもらいたい。

降伏《こうふく》宣言をしたエギルに、エレノアとセリナは嬉しそうに微笑むと、二人はエギルの足下で四つん這《ば》いになった。

「はい、喜んで。それでは、最後は二人でご奉仕しますね……」

「ちゃんと、我慢しないで気持ちよくなってくださいね……」

二人はそう言うと、肉棒へと顔を近づける。

「んっ、ちゅ……ああ、んっ」

「お、っきぃ……あむっ、ちゅ」

綺麗な顔が淫らに肉棒を求める姿を上から眺《なが》めているだけでも征服感があり興奮する。二人の唇や舌が射精させようと激しく求めてきて、強い快感を与えてくれる。

男らしい姿は見せられなくなってしまったのに、どこか、幸せな気持ちになっていく。

二人をこうさせたのは自分だという大きな優越感が後押ししてるのか。

「エギル様、嬉しそうですね……」

「気持ちよさそうで良かった……」

その剛直を丹念に舐めていくエレノアと、睾丸《こうがん》を咥《くわ》え舌で転がすセリナ。二人もまた、どこか幸せそうに微笑みながら、主《あるじ》が果てる姿を見つめていた。

「そろそろ、出そうだ」

そう伝えると、二人は根本を優しく手で扱《しご》きながら、エレノアが亀頭を咥え、セリナが竿《さお》を重点的に舐め続けた。

「ちゅ、ちゅぱっ……は、はい……出して、ください。わたくしたちの顔に、エギル様の濃い精液を、かけてください」

「んんっ……濃い匂いを顔に、かけてくださいっ……受け止めますから、エギル、さんっ」

「ああ、出すぞ！」

二人の頭に手を置きながら、エギルは亀頭へと昇ってくる精液を二人の顔へと勢いよく吐き出した。

ドクッ、ドクッ、と何度も吐き出される白濁液《はくだくえき》。それは二人の口内へと、その綺麗な顔へと飛散した。

「ん、ああっ……もっと、もっと、出してっ！」

「いっぱい、かけていいですからっ！」

精液を受け止める二人は、もっと出させようと手で扱きながら舐め続ける。

「うっ、ぐっ……」

射精は何度も続き、二人の顔がエギルの精液で汚れていく。

そして、肉棒を綺麗にして顔を離した二人は、息を荒くしてるエギルに見せつけるように、口内に注がれた精液を喉《のど》を鳴らして飲んでみせた。

「エギル様、今日はもっと……気持ちよくさせますからね？」

エレノアは頬に付いた精液を指ですくうと、ちゅ、と音を鳴らして舐め取る。

「ずっと会えなくて寂しかったんですから……私たち、もっと欲しいんですよ？」

セリナは顔に白濁液を付着させたまま、可愛《かわい》らしくにっこりと微笑む。

初めてを奪った二人はいつしか淫らな姿を見せるようになった。それを知るのが自分だけであり、自分を強く求めてくれる。それをエギルは、心の底から嬉しく感じていた。

「ああ、もちろんだ。続きは部屋でするぞ」

眠気など吹き飛んだエギルたちはすっかり明るくなった日差しの下、場所を移動した。


「私も、もう我慢できないです……」

「も、もう、ください……」

二人は部屋に戻ってくるなり、ベッドに横になって並ぶ。

その姿を見て、出会ったばかりの頃、三人で並んで寝たのを思い出す。あの時は服を着ており、セリナはまだ男性恐怖症でエギルを怖がっていた。けれど今は二人とも早くエギルが欲しいと口にして、エギルも早く二人を求めたいと肉棒を硬くさせていた。

だが、ふいにエレノアは起き上がり、

「それでは、わたくしは後にしましょうか」

すんなり先を譲ったエレノア。少し不思議に思うものの、なんとなく、彼女のしたいことをエギルは理解した。

「じゃあセリナ、自分で挿れてくれるか？」

「え、自分で、ですか……？」

横になったエギルを見て困惑《こんわく》した表情を浮かべるセリナ。

「嫌か？」

そう問いかけると、セリナは首を左右に振る。

「い、いえ……じゃあ」

セリナはゆっくりとエギルに跨《また》がる。

おそらく恥ずかしかったのだろう。自《みずか》らが上になり、快感を貪《むさぼ》る姿をエレノアに見られるのが。けれど彼女にはその恥ずかしさよりも、早く膣内《ちつない》へと肉棒が欲しいという衝動のほうが大きく働いた。

「久しぶりだから……ちょっと、ドキドキするかも」

逆手に肉棒を持ったセリナは、腰を浮かし、自分の膣内へと先端を触れさせる。

ピンク色の光沢を生んだ膣口に肉棒の先端が触れると、溢れだした愛液が肉棒を伝って垂れてくる。

それを見ていたエレノアが笑みを浮かべる。

「あらあら、前戯《ぜんぎ》もしてないのに、こんなにお漏らしをしてしまってるのですか？」

煽《あお》るような言葉に、セリナは恥ずかしそうに顔を背《そむ》ける。

「ち、違う、から……」

「何が違うんです？　いっぱい、溢れ出てますよ？」

「うるさい……そういうの、言わないでよ」

瞳《ひとみ》を潤《うる》ませるセリナ。だが、エレノアに指摘《してき》されて更に濡らしているのは確かだった。セリナはそれを隠すように、愛液を漏らす膣口に蓋《ふた》をするように、肉棒を呑み込んでいく。

「あっ……はあっ……おっきぃの、きてるっ！」

にゅるっ、と摩擦《まさつ》すらなく根本まで肉棒が挿入《そうにゅう》されると、セリナは天井を見上げながら、膣内で久しぶりの肉棒の感触を味わった。

さっきまでの口淫の刺激も気持ち良かったが、セリナの膣内はそれ以上に気持ちがいい。少し狭いのに窮屈《きゅうくつ》さはなく、肉棒全体を熱を帯びた膣肉が優しく包む。

そして息を荒くさせたセリナは、エギルの上半身に指を滑らせながら笑顔を見せる。

「ん、はあっ……あぁっ、おっき……くて、気持ちいい、ですっ！　エギルさん、どう、ですかっ？」

エギルはセリナの頬に手を触れながら満足そうに微笑みかける。

「ああ、最高だよ。セリナの膣内が俺のを締めつけてくる」

「良かった、ですっ……じゃあ」

豊満な乳房を二の腕で押し寄せ、エギルの鍛《きた》えられた上半身に手を乗せたセリナは、腰をゆっくりと持ち上げる。

少しでも動けば伝わる快感。セリナが細腰《ほそごし》を持ち上げると、エラが張った亀頭がウネウネした膣ヒダに絡みつき、膣内全体がキュキューと締めつけてくる。

「あっ、んんっ、はあっ……これ、気持ちいいっ……好きっ！」

セリナは快感を求めるように腰を前後に動かす。クリトリスを擦るようにしつつ、膣内では肉棒を感じる。

セリナは騎乗位をする時によくこの動きをする。

そしてエギルは、セリナの背後に移動してるエレノアに視線を向ける。

「……お手伝い、してあげますね？」

「ん、はあっ、え……？」

最初からエレノアはそのつもりで先を譲ったのだろう。セリナは困惑した声を漏らすが、それでも、肉棒を気持ちよくさせようと腰を動かし続けていた。

そんな彼女の汗《あせ》で湿った細腰を、エレノアは後ろから抱きしめる。悪巧《わるだく》みを考えてるときの笑みを浮かべたエレノアは両手でセリナの乳房を優しく揉み始める。

「ちょ、エレノアっ、ダメ、だって……っ！　い、いまは、敏感だからっ……やっ、そこっ、ダメっ！」

「ふふっ、もっと激しくしないと駄目ですよ？　ほら、腰を動かしてください」

乳房を優しく揉み始めたエレノアは、セリナの肩に顎《あご》を乗せて彼女の腰を上下に揺らす。

普段はドMなエレノアがセリナを虐《いじ》めてる姿はどこか新鮮で、なぜだか見ていて興奮してくる。

膣内と乳房を責められているセリナは、何度か腰をビクつかせ、可愛らしい甲高《かんだか》い声を漏らした。

「ふふっ、セリナ……もうイってしまいますか？」

「あっ、ああっ、ダメッ……気持ちいいの……ッ！」

段々と激しくなる腰の動き。形を変形させ揉まれ揺れる乳房。

正常位や後背位に比べれば気持ちよさは劣るが、それでも快感を増していくセリナの膣内は収縮《しゅうしゅく》して、温かさは増していく。何より、口の端から顎にかけて唾液を垂らすセリナの表情は、肉体的な快感と同じぐらいの興奮を呼ぶ。

エギルはどんどん締まりがよくなっていくセリナの膣内を感じながら、セリナの指に自分の指を絡め、大きく腰を突き上げた。

「んんんんっ……ッ!?」

膣奥にある子宮口《しきゅう》に肉棒が当たると、セリナはビクンと全身を震わせる。おそらく弱い部分に触れたのだろう。エギルはそこを何度も突き上げていく。

すると、セリナは顔を左右に振る。

「あっ、あっ、ああっ……ダメっ、これ好きッ……お、奥を、つんつんってされるの、好き……ッ！　気持ちいいッ！」

「ふふっ、セリナの顔、とてもいやらしくなってますよ？　ほら、もうイきそうなんじゃないんですか？」

半開きになった口から少しだけ見える舌。真っ赤に染まった頬。そしてどんどん近づく二人の顔。

そんな二人を見ていたら、エギルは好奇心から少しだけ、

「エレノア、セリナにキスしてみてくれ」

「あら、わたくしがセリナにですか？」

二人のキスが見たいと思ってしまった。おかしなことだが、エレノアはにっこりと微笑んで、セリナへと唇を近づける。

「セリナ、舌を出してください」

「い、いやっ、私はエギルさんとしかっ……んっ、あっ、ああ……ちゅ、ちゅぱっ……」

セリナは拒《こば》もうとした。けれどエレノア相手ならいいと思ったのか、寄せられた唇を受け入れ、自ら舌を突き出した。

上下に腰を動かすセリナと、乳房を鷲摑《わしづか》みにしながら嬉しそうな笑みを浮かべるエレノア。

二人の淫らなキスを見つめていたエギルは、いつもとは違った二人の姿に見入ってしまって

いた。

だが、

「俺も混ぜてくれよ」

半身を起こして二人がキスしている間に入る。二人がキスしている姿を見ているよりも、二人としているほうがいいという結論に至った。

「ふふっ、妬いてしまいましたか？」

「まあな。俺抜きでは駄目だな」

「エギルさんっ……ちゅー、しよっ……やっぱりエレノアじゃなくて、エギルさんのが好きなのっ！」

三人が顔を寄せ合い舌を出す。エレノアとセリナの表情はどちらともだらしなく、普段のしっかりとした二人の性格からは考えられないほど堕落《だらく》した姿だった。

エギルは二人へと唇を寄せると、二人もまた舌を出してエギルを求める。

「んっ、はあんっ……もっ、とっ、もっとちょうだいっ、エギルさんっ！」

「ちゅ……あむっ……セリナ、よだれがだらだらこぼれてますよ？　口元が緩《ゆる》いですね」

「うるさいっ……エレノアだって」

舌先から垂れる唾液がベッドやセリナの乳房へと垂れる。

そしてセリナのだらしない表情を見ながら、エレノアはくすっと笑う。

「ふふっ、セリナが壊れてしまいましたね……もうイかせてあげてはどうです？」

そう言われエギルはセリナの腰を強く抱く。力を入れたら壊れそうな細い腰を抱きながら、そのまま激しく肉棒を出し挿《い》れする。

愛液を掻《か》き出すように腰を上下に動かすたび部屋中に響く水音。だがそれ以上に、セリナの喘ぎ声が大きくなっていった。

「セリナ、そろそろイクんだろ？　だったら自分でも腰を動かすんだ」

「ム、ムリ、ですッ！　気持ちよくてっ、もうっ、もう……ッ！」

セリナの身体には力が入っておらず、エギルの身体に抱きつくだけで腰はもう動かない。少しでも腰を動かせばどうなるか、それを自分でも理解してるようだった。

「じゃあ、動くのを止めるぞ？」

エギルは動かしていた腰を止める。

先程まで肉棒に掻きまわされていた快感が消えてしまったセリナは、

「ひ、ひどい、です……」

小刻《こきざ》みに震えていた腰を、ゆっくりと上下に動かしはじめる。

「ふあっ、んん、はあん……ッ！　こ、ここで、やめられたら……身体がおかしく、なっちゃいますよ……ッ！」

「このまま続けてもおかしくなるだろ？　だったらイっておかしくなれよ、ほら！」

腰を大きく突き上げると、セリナの腰は彼女の意志とは関係なく大きく震えた。

「んっ、ああ……ッ！」

軽くイったセリナは天井を見つめていたが、すぐに腰が上下に動いていく。

「も、もうっ、変になっちゃいますからっ……エギルさんもッ……エギルさんもッ……一緒にイってください……ッ！」

動きはゆっくりだが、それでも頑張ってエギルを気持ちよくさせようとしているのは伝わる。

だからエギルも、セリナの膣奥に射精して果てようと腰を勢いよく振った。

「ああ、俺もイクぞ。さっきから出したくて仕方なかったんだ」

「うぅ、はあっ……嬉しいっ、です……出してっ、私の膣内、にッ……エギルさんの精液、いっぱい出してッ！」

お互いに腰を上げ下げすると動きが同調して更に快感が増す。それを補佐《ほさ》するように、エレノアがセリナの身体を支えていた。

膣内の柔らかいヒダが肉棒に絡みついて放さない。ジュボジュボと音を鳴らしながら、愛液と我慢汁で満たされた膣内は最高の状態になっていく。

「ああッ、エギルさんの、奥に当たって、押し当ててくる……ッ！　き、きて、くださいッ！」

そしてエギルは、セリナの膣奥へ精液を吐き出そうと腰を突き挿れた。

「セリナ、出すぞ！　全部受け止めろよ！」

「は、はいっ、私の中でぜんぶっ、受け止めますから……ッ！　だから、だから、きてくださ い、エギルさんッ！」

「くっ、出るッ！」

「ダメッ！　ダメダメッ！　おかしくなっちゃうッ！　おかしく――んあああああッ！」

勢いよく膣内へと吐き出された精液。セリナは身体を支えていた太腿を痙攣《けいれん》させた。

その表情は幸せそうで、エギルの精液をこぼさないよう、すぐに両脚《あし》を閉じて膣口をギュギュッと締めつけてくる。

「あらあら、こんなにいやらしくイってしまったのですね」

その姿を後ろから見守っていたエレノアは随分《ずいぶん》と嬉しそうだ。そしてセリナはそのまま後ろへ倒れると、荒い息を整えながらエギルの手を摑んで指を絡める。

「気持ち、よかったですっ……大好きですよ、エギルさん。これからもずっと」

「ああ、俺もだよ」

「やったあ」

そう言って微笑むセリナはまだ絶頂の余韻《よいん》から動けずにいた。

「次はエレノアの番よ。見ててあげる」

息を途切れさせながらセリナにそう言われ、エレノアは嬉しそうに笑顔を浮かべた。

「あらあら、セリナに見られながらイかされてしまいますね」

どこか楽しみにしているような感じで言うエレノアに、セリナは「ほんと変態」と毒を吐くが、それすらも今のエレノアには褒《ほ》め言葉のようだった。

そして、エレノアは横になって両手を広げる。

「わたくしも一杯、愛してください、エギル様……」

「ああ、わかってる」

両脚をエギルが開くと、膣口からはドロドロと甘い蜜《みつ》が溢れ出す。ずっと我慢させてきたのが影響してるのだろうか。そんな待ちわびていたと言わんばかりの反応を見せられ、エギルの肉棒はすぐに硬さを取り戻し、それを膣口へと近づける。

「セリナ、今度はエレノアを虐めるからな。休んだら手伝ってくれよ？」

そう伝えると、横になったセリナは「はい、任せてください」と言って笑った。そして目の前で今か今かと待っているエレノアの膣内へ、一気に肉棒を突き挿れる。

「んっ……はあんっ！」

一気にペニスを挿入すると、エレノアの膣内はねっとりと温かい愛液で満たされていて、膣内がペニスをギュギュッと締めつけてくる。

だがそれ以上に興奮するのは、エレノアの一切の恥じらいのない淫楽《いんらく》とした表情だろう。

セリナの恥じらいながら求めてくる表情も興奮するが、絶世の美女ともいえるエレノアが、エギルただ一人に淫らに口を半開きにさせた姿を晒《さら》してくれるのは独占欲を刺激せずにはおかない。

「んんっ、はあっ……すごい、いい、ですッ……硬いのが、膣内を出たり入ったり、して、気持ちいいっ！」

膣内の愛液を掻き出すように肉棒を往復させると、淫らな水音が部屋中に響く。

「エギル、さまっ……」

エギルを求めるように伸ばされた手を合わせて握ると、たゆんとした乳房は二の腕で挟《はさ》まれ、汗の雫《しずく》がシーツへとこぼれていく。

「あんっ、はあっ……エ、エギル様の、おちんぽっ……久しぶり、ですからっ……はあ、はあっ、んんんっ……すごくっ、気持ちいいっ、です！」

ギシギシと音を鳴らすベッドは既に三人の汗や愛液や精液でぐしょぐしょに濡れ、部屋中に三人の行為から生まれた汗や精液の匂いが充満していた。

「……エレノア、いやらしい顔してる」

すると、先程まで絶頂の余韻に浸《ひた》っていたセリナは、半身を起こしたエレノアの後ろに身を寄せると、お返しとばかりに後ろからエレノアの乳房を揉みしだく。

「あっ、ダメっ、ダメ……です、セリナっ！」

「私の身体をあれだけ虐めたくせに……？」

セリナはどこか楽しげな笑みを浮かべ、片手で乳房を強く揉み、もう片方の手で肉棒が出入りしてる膣内の上にある突起物を摘《つ》まむ。

「——んんんッ！」

その瞬間、エレノアは腰を大きく仰け反らせた。

「あーあ、クリトリスを軽く弄っただけで、イっちゃったの？」

「あ、ああっ、はあんっ……」

セリナは小悪魔のように微笑むと、エレノアの汗ばんだ首筋に舌を這わせながらエギルに視線を向ける。

「エギルさん、エレノアの膣内にも注いであげてください。ほら、こんなに欲しそうな顔してますよ……？」

セリナに乳首とクリトリスを摘まれたエレノアは、エギルへと、普段は見せない弱々しくて淫らな表情を向けた。

「エギル、さま……おねがい、します……わたくしの、膣内に……濃い精液を、たっぷり……ください……？」

半開きになった口内、その微かに見える舌から唾液が垂れ、自らの乳房を汚していた。

「エギルさん、さっきの私みたいに……エレノアの赤ちゃん部屋、コン、コン、って……おもいっきり叩いてあげてください」

既にこの部屋の匂いと先程の快感に酔っているセリナは、エレノアにとどめを刺すよう訴えてくる。

「ああ、いくぞ」

座ったセリナに上半身を寄せるエレノアは、両脚を持つエギルに、物欲しそうな視線を向けながらゆっくりと頷く。

エギルは腰を引き、勢いよく膣奥を責める。

「んはあぁっ……ッ！」

根本まで挿入された肉棒を感じたエレノアは、その快感を手放すまいと、エギルの腰へと脚を絡ませる。

「あ、ああっ、いい、ですッ……も、もっと、もっと激しくッ、いっぱい、きてください……ッ！」

セリナから与えられる快感も合わさってか、エレノアは普段よりも激しく乱れていった。

「ん、はあッ……も、もう、イクんですよねっ……？　おちんちんが、わたくしの膣内でっ、びくんびくん、してますっ……！」

エギルが優しく絡みつくような膣肉の快感に果てそうになったのをエレノアは感じとり、射精を手助けするように膣内をキツく締めつける。

エギルがイきかけているのをエレノアがわかったように、エギルもまた、その蕩《とろ》けきった表情と締めつけてくる膣内の様子から、エレノアがすぐにでもイってしまいそうなのがわかった。

「エギル様の、精液を……ああっ、注がれてるのを感じながらっ……イき、たいです……ッ！」

エレノアはエギルが射精するのを待っていた。

その表情はいつもの綺麗な顔つきとは違い、どこか少女のような可愛さがあった。

「ああ、俺も、もう……っ！」

エギルは勢いよく腰を突き当て、彼女の最奥へと精液を吐き出そうとする。

「エレノア、出すぞ！」

「は、はいっ……きてッ、きてくださいッ……！　わたくしの膣内に、エギル様の精液を、いっぱい、注いでくださいッ！」

勢いよく放たれた熱く大量の精液を膣内で感じたエレノアは、それと同時に、腰を大きく仰け反らせて絶頂に達した。

「ぐっ！」

「ん、はあああっ！」

二度、三度と、何回にも分けられた精液をエレノアは堪能すると、エギルへと顔を近づけた。

「……気持ち、よかったですよ……ご主人、さまっ……」

そのままキスをすると、疲れ切った身体をセリナへと向け、押し倒す。

「エレノア？」

「ふふっ、今度は同時にですよ……？」

セリナが横になり、その上にエレノアが跨る。

汗ばんだ二人の身体がエギルの目の前で重なり合い、腕や脚が絡み合う。

艶めく二人の膣穴からは、エギルが吐き出した白濁液が垂れている。エレノアに出した精液が、そのままセリナの膣口へと向かう様子は、達成感のような不思議な感覚があった。

そして、二人はまた欲しがるようにエギルを見つめていた。

「エレノア……凄《すご》い汗だよ」

「セリナこそびしょびしょですよ。それより、なんだかこの感触とても興奮しますね？」

そんなことを言いながら、顔を覗かせるセリナと、期待に満ち溢れた幸せそうな表情をするエレノア。二人に見つめられながら、エギルは密着した二人の隙間《すきま》に肉棒を挿入する。

「エギルさん、そこっ、ちが、うんんっ！」

「あ、ああっ……ふふっ、今度は二人を同時になんですね？」

肉棒から得られる快感は膣内に挿入しているのと同じぐらい気持ちよかった。それはおそらく、二人のすべすべした肌と潤滑油《じゅんかつゆ》となった愛液で、膣内と同じぐらいの快楽へ誘ってくれるからだろう。

そしてお互いを抱きしめあったエレノアとセリナも、肉棒でクリトリスを擦られて感じているようだった。

「あっ！　あっ！　ああんっ……こ、これ、気持ちいいっ、ですっ！」

「エギルさんのおちんぽ、入ってないのに、なんで、こんなに気持ちいいのっ！　ああんっ！　……ク、クリ、気持ちいい、ですっ！」

膣内に挿入している時よりもはっきりと聞こえる、ヌチャヌチャとした音と共に、二人の甘美な声が部屋中に響く。

その姿はなんとも愛らしく、もっと見たいと思ってしまった。だからエレノアの綺麗なお尻《しり》をエギルは叩いた。

「んはあっ!?」

不意を突いたご褒美《ほうび》に、エレノアはビクッと腰を震わせた。その微かな震動に、セリナも敏感な部分が擦れて腰を震わせた。

「ははっ、エレノアが感じるとセリナも感じるんだな」

「エ、エレノアっ……ビクッて、しないでよぉ……私のおっぱいとおマンコが擦れて、エッチな声、出ちゃうじゃない……」

「だ、だって……久しぶりに、エギル様に叩かれたんだもの」

二人は幸せそうに、エギルの与える快感に喘ぎ声を漏らして楽しんでいるようだった。

そして既に三回、射精していたエギルの肉棒もそろそろ限界を迎えそうになったので、二人の間で激しく擦る。

少しおっとりとした口調を残した喘ぎ声のエレノアと、明るくて気持ちよさそうな喘ぎ声を発するセリナ。その声をこのまま聞いていたい。だけど精液だけは、自分と交わった証《あかし》だけは膣内に出したいと思った。

「そろそろ出すぞ。最後は二人の膣内で出してやるからな」

「は、はいっ、エギル様のッ、お腹《なか》の中に……たっぷり注いで欲しいですッ！」

「私も、私も欲しいですっ！　くださいっ、エギルさんの精液、膣内にくださいッ！」

絡み合った二人の両脚。そしてエギルは更に激しく責めたてる。

「おっぱいとクリトリスが擦れてっ、なんだか……セリナ……」

「う、うんっ、私も……私も、気持ちいいよッ！」

するすると伸ばされた二人の指が絡み合う。ギュッと握って、膣口を重ねるようにしてエギルのペニスを気持ちよくさせようとしてくれる姿は、なぜだろうか、どこか微笑ましく見えた。

膣口を擦り、クリトリスを擦り。

エギルは二人に挟まれながら精液を吐き出した。

「出るぞ、二人ともッ！」

「はっ、はいっ！　きてくださいっ、わたくしとセリナの身体に、エギル様の子種《こだね》を出してくださいッ！」

「う、うんッ！　欲しい……ですっ！　エギルさんの精液、欲しいですッ！」

「ああ、出すからなっ！」

すっかり淫らな雰囲気に包まれた部屋で、エギルは二人に精液を吐き出す。

びゅ、びゅ、と何度か二人のお腹目がけて吐き出してから、すぐに二人の膣内へ吐き出す。

まずはセリナに、

「あっ、ああッ！　きて、るっ……エギルさんの精液が、またお腹の中にきてる……ッ！」

そして十分に吐き出すと今度はエレノアに、

「んあっ、はあぁぁんッ！　エギル様の精液、わたくしのお腹に注がれてますッ！」

二人の中にそれぞれ吐き出すと、二人はその場に横並びで倒れた。

そして精液で膣内も外も、満たされたお腹を撫でながら、二人は幸せそうな笑みをエギルに向ける。

「まだこんなにたくさん出るなんて……ふふっ、エギル様はとんでもないエッチなご主人様ですね」

「うわぁ、ベトベト……しかも凄い匂い……エギルさんの匂い、私の全身からします」

二人は顔を見合わせる。

「ふふっ、匂いフェチには困ったものですね」

「うるさい、エギルさんのエッチな匂いで興奮しないとか、エレノア、おかしいよ？　というより、お尻叩かれてビクビクさせてた人に言われたくない」

「あら、叩かれて興奮しない方がおかしいですよ？　あのヒリヒリした痛み……ああ、もっと叩かれたいですね」

「……変態。私にはわからない」

二人はそれぞれ自分の性癖《せいへき》を正当化してるが、エギルからしてみれば、どちらもおかしいような気がする。だがエギル自身も、身体や膣内に自分の精液をかけた二人を見て興奮してるので同じようなものだろう。

言い合ってる二人へ、まだ精液を漏らす肉棒を近づける。

「ほら、綺麗にしてくれ」

愛液と精液で濡れた肉棒を二人に淫らな顔でフェラしてもらいたいと思うのだから、エギルの方がよっぽど変態なのだろう。

そして二人はクスッと笑うと、

「エギルさんの変態……ちゅっ」

「さすがはドSご主人様ですね……ちゅっ」

二人は亀頭にキスをすると、そのまま交互に肉棒を咥えて精液を絞《しぼ》り出す。少し身を起こして、必死にお掃除フェラする二人の顔に興奮して、再び肉棒には硬さが宿る。すると、

「ああっ、エギルさん……あんなに出したのに、まだ足りないんですか？」

「エギル様はまだまだ足りないですよね。もちろん、わたくしたちもですけど」

その表情は期待に満ち溢れていた。二人は久しぶりにエギルと交《まじ》わるのだから当然といえば

当然なのかもしれない。エギルはニヤリと笑い、二人の頭を撫でる。

「今日は二人を満足させるって決めてるからな。俺の体力が保《も》つまでするぞ。相手、してくれるか？」

そう伝えると、二人はそれぞれエギルの別の手を掴んで微笑む。

「ええ、もちろんです。ですが、わたくしたちはそう満足しないですけど……大丈夫でしょうか？」

「ああ、頑張るよ」

「楽しみですね。それでは」

二人はエギルの頬にキスをする。

「きてください、ご主人様」

そう言われて、エギルはこの後も交互に二人の身体を堪能していった。

◆

「──結局、一睡もしなかったな」

二人が満足してくれたのはお昼前のことだった。

籠城戦《ろうじょうせん》を繰り広げ、騎士たちを撤退させたのは朝だった。それから昼までは各自休息をとるようにし、昼過ぎに再び城に集まる約束をしていたのだが。

「わたくしたちは寝ずに今後の方針を決める会議に出席、ですね」

「疲れてるのにすみません、エギルさん」

全身に付いた精液や汗なんかを落とすため三人は湯船へ。そして両隣に座る二人は、どこか幸せそうな笑顔を浮かべていた。

「まあ、俺もそうしたいと思ってたからな」

エギル自身も留守にしていた時間を埋めるように二人との営《いとな》みを楽しんだ結果だった。エギルも二人と同じく笑顔で伝える。

「少しの間だったのに、すごく我慢してたから、いっぱい愛してほしくて夢中になっちゃいました」

「そうですね。エギル様のおちんちんが気持ち良すぎるのが悪いのですよ?」

セリナは照《て》れ笑いを浮かべ、エレノアは頰を膨《ふく》らませる。

「俺じゃなくて二人が無駄な争いをしてたからだろ」

両隣の二人にそう言うと、二人はエギルを間に挟んでまた言い合いを始めた。

「だって、エレノアよりもいっぱい中に出してほしかったんですもん！」

「ふふん、正妻が愛人に負けるわけにはいきませんからね。セリナよりも多く中出ししてもらわないといけません」

「だから愛人じゃないって！　それによく考えたら、私の方がいっぱい出してもらったもん！」

「ふふん、量より質ですよ。セリナが出してもらった精液は薄かったですからね」

「……はあ」

最初は仲良くやってくれていたのだが、争うように段々と様子がおかしくなり、競い合い始めた。

セリナの中に出すと、次は自分にとエレノアが。

エレノアの中に出すと、次は自分にとセリナが。

そうして競い合った結果、三人はくたくたになっていた。

「……それより」

エギルは二人に真面目《まじめ》な話を始める。

「そろそろ向かうとするか。みんなも集まっているだろうしな」

そう伝えると、二人は真剣な眼差《まなざ》しで頷いた。

◆

――時は遡《さかのぼ》り、エギルたちヴォルツ王国が勝利を治めた頃。

ヴォルツ王国から少し離れた森林では、静けさを切り裂くような声が響いた。

「——た、頼む……た、助けて、くれ」

「ああ、助けてやるよ。テメェが隠してることを全て吐けばな」

白いローブを着た神教団の男は震える声で涙を流しながら助けを乞《こ》うと、ずるずると這うように二人の男女から後退《あとずさ》りする。

大振りの剣を持ったリノは男を睨《にら》みつけながら一歩、また一歩と男へ近づいていく。

そして、その様子を見つめる剣王シルバ・タスカイルはため息をついた。

「リノ、そいつを脅《おど》してもなんも喋《しゃべ》らんって」

「じゃあどうすんだよ。他の連中は殺しちまったんだぞ?」

「喋らねえなら、仕方ない……頭でも開いて脳を見ればいいだろ? なあ、そうだよな?」

ニヤリと笑いかけるシルバを見て、男は更に脅《おび》える。

そしてシルバの言葉に、「ああ、なるほどな」と、リノも不気味な笑みを浮かべた。

そんな二人の恐ろしい会話に恐怖を感じた男は、逃げようとするが、

「——なあ、逃げられると思ってるのか?」

優しそうな表情から一変。シルバは氷のように冷たい表情を男へ向ける。

そこで諦《あきら》めたのか、彼はうなだれるように木に背を預けて座り、俯いたまま口を閉ざした。

「てかよ、お前、あいつに会わなくて良かったのかよ?」

「あ?」

「わかってんだろ、エギルだよ、エギル」

「……まあ」

リノは耳に髪をかけると、苦しそうな笑みを浮かべながら空を見上げた。

「……いいんだよ。あいつは……エギルは、やっと幸せになれたんだからな」

「あ？　理由になってないっての」

「うっせ。アタシと会ったら、せっかく忘れた昔の嫌な記憶が蘇《よみがえ》るだろ」

「そうかもしれないけどよ、お前、ずっとあいつと再会するために頑張ってきたんだろ？　あいつに教わった剣技《けんぎ》を毎日のように練習して、話題はあいつのことばっか……ずっと好きだったなら、一目顔でも見てくれれば良かっただろ」

普段のリノであればきっと、シルバの言葉に機嫌を悪くしたはずだ。けれど、今の彼女は悲しげで、強がる様子はなかった。

「そう、だな……アタシはいつも選択を間違えちまう。せっかく会えると思ったのに、な」

そんな彼女の表情を見て、シルバは噴《ふ》き出す。

「プッ！　なんだよそれ、まるで恋する乙女《おとめ》みたいだな！」

「んだと!?」

今にも大剣を振り下ろしてきそうな勢いのリノから、シルバは距離を取って伝える。

「ははっ。お前は辛気《しんき》臭《くさ》い面《つら》よりも、そうやって強気に見せた方が似合ってるぞ」

「……うっせぇよ」

「それに」

シルバは腕を組んでため息をつく。

「どうせ、またすぐに会うことになるだろうしな」

「そう、なるんだよな」

「ああ、必ずな」

しんみりした雰囲気になると、リノが「つかよ」と言ってシルバを見る。

「あの変態、遅くねぇか？　さっき知らせは送ったんだろ？」

「ん、ああ、そうだが……ああ、来たっぽいぞ」

二人は視線を音がする方へ向ける。

一台の馬車が真っ直《ます》ぐこちらへ向かってきていた。

そして馬車が止まると、一人の女性が降りてくる。

「あら、ごめんなさいね。まさかこんなに早く終わるとは思ってなかったのよ」

暗くても綺麗に見えるエメラルドグリーンの巻き髪は、毛先へ向かうほどに細くなり、胸元まで伸ばされている。

豊満な胸元を強調させた露出度《ろしゅつど》の高いドレスを着た女性。おっとりした雰囲気と唇の左下の黒子《ほくろ》で色っぽさを増した彼女は目蓋《まぶた》を閉じたまま二人へ笑顔を向ける。

「遅《お》せぇんだよ、リオネ。何してやがったんだよ？」

「ふふ、それは秘密ですわ。乙女の秘密ですことよ」

どこか不思議な匂いを纏《まと》った女性――リオネの言葉を受け、シルバは大きなため息をつく。

「どうせ、あの変態な書物でも書いてたんだろ？」

「ああ、どうせそうなんだろうよ」

二人の決めつけに対して、リオネは心外だと言わんばかりに頬を膨らませた。

「まあ！　変態とはなんですの？　あれは聖書。そう命名しても過言《かごん》ではないほどの上品な作品ですのよ？」

「……聖書じゃなくて、性書だろ。変態作家リオネ先生よ？」

その問いかけに、リオネは更にふてくされてみせる。

「失礼ですわね。わたくしの作品を楽しみにしてくださる方々は、この世界に大勢いらっしゃるのですよ？」

「んなの、変態なおっさんだけだろ」

「いえいえ、女性だって……」

リオネは何か思い出したのか、手をパチンと叩いた。

「そうですわそうですわ。わたくしのファンだと仰《おっしゃ》ってくれていた綺麗な二人組の女性と以前お会いしましたのよ」

「嘘《うそ》だろ」

「嘘だな」

二人の即答にリオネの自慢の巻き髪が大きく揺れる。

「本当ですわ！　もう、二人にも会わせてあげたいですわ。あの屈強《くっきょう》な男性が大好きな金色の髪の美女と、匂いフェチの桃色の髪の美女を」

「はいはい、今度な……それより」

シルバはリオネの妄想《もうそう》を適当に流すと、神教団の男に視線を向ける。

「あいつの口を割りたいんだが、頼めるか？」

「はて？　リノさんの猛犬のような威嚇《いかく》でもダメだったのですか？」

「誰が猛犬だ。まあ、残念ながらな。だから――」

「それは有望だこと！」

リオネは大きな瞳を輝かせると、男へと近づいていく。

「リノさんの威嚇を受けても口を割らなかったとは、アナタ、素敵《すてき》ですわ！」

「は、はあ……」

「これは久しぶりに腕が鳴りますわね！」

興奮気味のリオネを置いて、シルバとリノは彼女の馬車へ乗り込む。そしてシルバは男に忠告する。

「そいつが来る前に口を割らなかったこと、あんた、後悔することになるぜ」

「え、それは……」

不思議そうにしてる男へ、リオネは顔を近づける。

「……アナタ、痛みには強いお方ですの？」

「え……？」

「ふふ、ふふふ……楽しみ、楽しみですわぁ！　この間のオモチャはすぐ壊れてしまったので」

リオネは彼に向かってカーテシーをする。綺麗な笑顔を浮かべているが、彼の目には不気味な、悪魔のような表情に映っただろう。

リオネは彼の体を指でなぞりながら言葉を続ける。

「まずは手足の爪《つめ》をはいで、全身を斬《き》りつけ、火で炙《あぶ》り、それから、それからぁ……。ああ、想像しただけで濡れてきてしまいます。なので……お願いですから、わたくしの拷問《ごうもん》に堪《た》えて堪えて堪えて、楽しませてください。わたくしを、がっかりさせないでくださいませ……？」

そこまで聞いて、男はこの後に何が待っているのか察したのだろう。涙を流しながら、小さな悲鳴を漏らした。

「おいリオネ、お楽しみの拷問は帰ってからにしろよ」

「わかってますわ。さて急いで帰りましょう。ふふふ」

「不気味だな……」

同行させた筋肉質な執事《しつじ》に暴れる男を任せ、リオネは馬車へ乗り込むと妖《あや》しい笑みを浮かべた。

シルバは遠くに見えるヴォルツ王国をじっと見つめる。

「シルバ、なに笑ってんだよ」

「ん、まあな。次にあいつと会ったとき、どんないい面になってっかなと思ってな」

「まあ、もしかしてシルバ、意外とそっちの気が!?　いいですねいいですね、是非《ぜひ》その際はわたくしに教えてくださいませ！　実はわたくし、そちら側にも——」

「リオネ……そろそろ静かにしろ」

リオネが言うのを聞きながら、シルバは鼻で笑う。

「またな、エギル。すぐに会えるだろうよ。今度は共に世界を変える重要な歯車の一部としてな。だから……死ぬなよ」

三人の乗った馬車は静かに動き出す。

この三人がいるべき大陸へ——冒険者で結成された、冒険者だけの王国へと。

三章　あの地へと

To that land

汗《あせ》まみれの身体《からだ》をお湯で流したエギルは二人と別れて、サナとルナのもとへ向かった。

「二人とも、おはよう」

ここは城の二階にあるエギルの愛する女性たちが過ごす私室が連なっている。その内の一室、サナとルナの部屋――というより二人の母親の部屋をエギルは訪ねた。

そこはカーテンが閉められ暗いまま。

「エギルさん、おはよう！」

「おはよう、ございます。エギルさん」

二人はベッドの前の椅子《いす》に座ったまま顔をこちらへ向ける。

ベッドには二人の母親が目を開けて眠っていた。

――ルージュ伝病。

それが二人の母親――ルサリア・フェレーリルの病気だ。

「エギルさん、朝から楽しそうだったねー？」

「ん、サナ、なにが？」

「ふふん、なんでもなーい」

スープの入ったお皿を手に持った二人は楽しげに話しかけてきた。その表情は普段と変わらず明るい。だけどエギルが部屋に入ったときに目にした顔は、一瞬だけだが、悲しそうだった。

エギルに心配かけないように、今は無理して笑顔を作っているのだろう。

ルサリアのルージュ伝病は、魔術を使用する魔物によってかけられた呪《のろ》いで、治療法がなく、不治の病《やまい》だといわれている。

まったく身体を動かすことができず、開いた目さえ自分では閉じることができない。

呼吸をしているのに、ぴくりとも動いてくれない。

意識があるのに、応《こた》えてくれない。

生きているのに死んでいる、そう言う他ない矛盾した病気だ。

二人は以前、この病を治す薬を買うために冒険者となったと言っていたが、病名を聞いたエギルとエレノアは、この病は薬では治せないことを伝えた。

それからエギルたち、それにサナとルナの姉妹も治す方法を探していたが、今の今まで、手掛かりすら摑《つか》めていない。

だからこの部屋に入るのは、サナとルナはもとより、エギルたちも辛《つら》いものがあった。

「ルサリアさんの食事は終わったのか？」

「うん。あとは口元を拭《ぬぐ》ってあげれば終わりだよ」

サナはナプキンでルサリアの口元を拭うと「これでよし」と小さく頷《うなず》いた。

生きるためには食事が必要、だが母親がその味を感じているのかどうかもわからない。

ごちそうさまとか、ありがとうという言葉はおろか、身ぶり一つ返ってこない。それでもずっと二人は母親の食事の世話をしてきた。それがどれほど辛く苦しいものか、きっとエギルが想像する以上だろう。

口元から垂《た》れたスープを拭うとサナは立ち上がり、笑顔で母親に話しかけた。

「あたしたちの作った料理……美味《おい》しかった？　少しは料理の腕、上がったと思うんだけどね」

「たぶん、美味しいって、思ってる。昔みたいに……頭は撫《な》でてくれないけど」

二人が母親に向ける笑顔は少し寂《さび》しそうに見えた。

だからエギルは二人の側《そば》へ行き、頭を撫でる。

「きっと喜んでるはずだ。美味しかったって、思ってくれてるはずだ」

「そう、かな……えへへっ、そうだと良いな」

「は、はい」

二人は大きく頷いた。

——エギルは二人と身体の関係を結んでいない。

別に二人を女性として見てないからじゃない。エギルは二人のことを、エレノアたちと同様に愛している。だからエギルは決めている。ルサリアのルージュ伝病が治ったその時には、心から笑うことのできるようになった二人と求め合おうと。

それに二人も、今はそんな気持ちになれないのだろう、エギルを求めてきたりはしてこなかった。

「あっ、そういえばこのあと集まりがあるんだよね。すぐ準備するよ」

「ゆっくりでいいからな。今日はこれからの方針を決めようと思ってる」

「「これから？」」


王城内は静かだ。

湖の都で暮らしていた者たちは皆、住民区で暮らすことになった。なので廊下の窓から見える外の様子も、前に比べたら少しだけ賑《にぎ》やかになった。

まだまだ王国と呼ぶには貧弱だ。それでも、僅《わず》かながら進歩はあっただろう。

サナとルナはエギルと共に一階にある食事をとる部屋へやってきた。この王城内で最も広く、多くの者が集まって話をするのに適したところだった。

そこには、招集をかけた者たちの大部分が、既《すで》に長机を前に椅子に座って待っていた。

「エギル様、もうみなさん揃《そろ》ってますよ」

エレノアに言われエギルたちも席に着く。

奥側に左から、エレノア、セリナ、クロエ、シロエ、フィー。

手前に、エギルと一緒に来たサナとルナ。そして華耶《かや》、ゲッセンドルフ、ハボリック、ハルト。

全員の顔が見える上座にエギルが座ると、セリナはエギルを見てにっこりと笑みを浮かべる。

「エギルさんたちが最後ですよ」

「意外とみんな早かったんだな」

「そうですよ。集合時刻が決まっていましたから」

ふふん、と誇らしげな表情をするセリナの顔を見ると、二人の妹は首を傾《かし》げた。

「おねえちゃん、そういえば、朝はどこで寝てたの？」

「起きたらお姉ちゃんがいなくて、捜していたのですよ？」

「えっと……それは、その……」

二人を寝かせて、自分はエギルさんとエレノアと三人でベッドの上で激しい運動をしていたの。

そんなことは口が裂けても言えない、と赤面するセリナ。

「えっと、えーっと」

セリナはエギルに助けを求めると、華耶は蠟燭《ろうそく》形の尻尾《しっぽ》を振ってニヤリと笑い、クロエとシロエに伝える。

「いい、二人とも。二人のお姉ちゃんはね、数時間前までエギルさんと――」

「――わー、わわわっ！　ちょ、ちょっと華耶！　二人に何を言うつもり!?」

「ナニって……それは……ねえ、フィーちゃん？」

華耶は、四匹の家族たちに必要以上の餌《えさ》を与えるフィーに視線を向ける。すると、フィーはそっぽを向いた。

「……華耶、いきなり振らないで。それにまだ子供には言えない」

「駄目よ。いい？　こういう知識は子供の頃から教えこまないと。将来的に困るでしょ？」

「……それは、まあ」

曖昧《あいまい》な返事をするフィー。

そこで、エレノアがこの話題に参加する。

「ええ、そうですね。いいですかお二人とも、セリナとわたくしは、エギル様の大きくて――」

「――エレノアは黙ってなさい！　華耶のは冗談なんだからね!?」

「華耶さん、そうなんですか？」

「さあ、どうかしら？」

ふふん、と華耶は意味深な笑みを浮かべる。

その様子を、ずっと不思議そうにしていたクロエとシロエが口を開く。

「おねえちゃん、子供扱いはしないでよ！」

「そうですそうです。私たちはもう子供ではありません」

「大人とか子供とかじゃなくて……エギルさん」

セリナはエギルに助けを求める。

そんな彼女たちの会話をどこか微笑《ほほえ》ましそうに聞いていたエギル。

戦いを終えて解散する時、みんなに華耶とクロエとシロエを紹介した。エギルは、最初はどうなるかと心配していたのだが、みんながすぐ華耶たちを受け入れてくれたので素直に嬉《うれ》しかった。

「まあ、仲良くなりすぎてる気もするが……」

エギルがここへ来る前に少しは言葉を交わしていただろうが、それでも、たった一日でここまで仲良くなるものかと驚く。

そんな時、この場の空気に圧倒されていたハルトが、恐る恐るといった感じで手を上げた。

「──エギルさん、アロヘインの処分と一緒に頼まれていた件についてですが、行ってきました」

「行ってきてくれたか、すまない」

「いえ。今朝早く他の冒険者たちと共に、南門周辺の家屋をすべて調べまわったんです。その内の一軒で、それらしき地下への入り口を見つけました」

「……神の湖へと続く入り口は実在したのか」

アルマという女から聞いた、神教団たちが探していたであろう神の湖へと続く入り口。

ハルトの言葉を聞いた途端《とたん》、騒がしかった部屋の空気が一瞬にして静まり返った。

そして、ハルトは言葉を継ぐ。

「その入り口らしき扉は見つけたんですが……実は、開かなかったんです」

「開かない？　鍵《かぎ》でもかかっていたのか？」

「いえ、その手のことに詳《くわ》しい連中の話では、おそらく魔術の類《たぐい》で封印《ふういん》され、開けられないようになっていると」

「魔術か……」

魔術で閉ざされているなら、扉を物理的に破壊しようとしても、たぶん無理だろう。

だがその入り口を見つけられただけでも良かったといえる。

「そうか。ありがとうな、ハルト」

「いえ、見つけられたのに何もできなくてすみません」

「いや、見つけてくれただけでいいさ。それに、魔術で閉ざされてるとしても、開けられないわけではないからな」

「えっ、でも魔術で閉ざされたら普通、開けられないですよね？　開ける方法は、その封印を解くしかないですから」

「ああ、解くしかないな。要はその封印を解除すればいい」

「と、言いますと？」

不思議がるハルト。

そして、エギルはハルトに話していた言葉を全員に向ける。

「これからのことを決めたい。まず、華耶。湖の都の皆はこの場所に馴染《なじ》めそうか？」

「それに関しては、みんなに聞いてきたけど大丈夫そうよ。少しだけ家が広すぎるっていうのと、畳《たたみ》じゃないからちょっと戸惑《とまど》ってるけどね」

「そうか。そこはしばらく暮らせば慣れるだろうから問題ないだろう。次に、やりたいことがある」

「エギルさんのやりたいことって？」

サナは首を傾げた。エレノアとセリナはおそらく気づいているのだろう、黙ってエギルの言葉を待っている。

「フィー、最初に俺と会ったとき、元々付けていた奴隷具は誰かに外してもらったって言ってたな？」

「うん」

「それができる者を知ってる。前にそう言ってたな？」

「言った」

「そいつは、サナとルナの母親の病気――ルージュ伝病も解呪《かいじゅ》できそうか？」

「『え……』」

その言葉に、サナとルナは驚いたように口を開けて固まっていた。

フィーは少し考えてから、

「……そっか。うん、たぶん、できると思う」

その答えを聞いて、サナとルナの表情がぱっと明るくなった。

「フィーさん、ほんと!?　お、お母さんの病気、治るの!?」

「治りますか!?」

「……うん。物に取り憑《つ》く呪いも、体に取り憑く呪いも同じだって、【アレ】が前に言ってたから」

フィーは相変わらず抑揚《よくよう》のない声だが、二人に微笑みながら答えた。

それを聞いた二人は椅子の背もたれに寄りかかり、嬉しそうにしている。

「そっか……良かった。ねっ、ルナ」

「う、うん、これでお母さんとまた、お話しできるね」

二人の喜ぶ姿を、ここにいる全員が微笑ましく見つめる。エギルは言葉を続ける。

「それで、その人は神の湖に続く入り口に施《ほどこ》された封印も解呪できそうか？」

「それは、聞いてみないとわからない」

「そうか」

それに関してはその者に実際に見てもらわないとわからないのだろう。だからエギルは短く返事をした。すると、フィーは少しだけ慌《あわ》てた様子で前のめりになりながら口を開く。

「で、でも、なんとかできないか聞いてみるから。できないにしても、理由とか、ちゃんと……」

エギルが落ち込んでると勘違《かんちが》いしたのか、元気出してと言わんばかりのフィーの反応に、エギルは笑顔で伝える。

「ありがとうな、フィー」

その言葉を受けて、フィーは顔を赤くさせながら、

「うん、いいの」

と小さく頷いた。

その様子を見ていたエレノアやセリナや華耶、それにサナとルナまでもが、

——デレた。

と驚いていた。すると、フィーは不機嫌そうな顔で、

「……うるさい」

と発する。フィーはその可愛《かわい》らしい反応を、皆にからかわれていた。

場の空気が和《やわ》らぐ。そんな中、エギルは全員に伝える。

「俺はまず、サナとルナの母親の病気を治し、地下にある神の湖を調べたい。神教団も、ここ

を襲《おそ》ってきた騎士たちも、また攻めてくるはずだ。だから俺は、一刻も早く呪いを解呪できる奴《やつ》に会いに行きたいと思う」

その言葉に納得するように、全員が頷いた。

これから何が起こってもおかしくない状況だというのに、みんなの表情は明るい。

「それでフィー、その人はどこにいるんだ？」

まだ微《かす》かに頰《ほお》を赤く染めてはいたが、フィーは口元に笑みを浮かべて教えてくれた。

「【アレ】はクロネリア・ユースにいるよ」

その言葉に、エギルの表情から一瞬で笑顔が消えた。

「……クロネリア・ユース」

その名前を、エギルは久しぶりに聞いた。

「エギル……？」

不安そうに彼の名を呟《つぶや》くフィー。そして、この大陸に詳しくない華耶が口を開く。

「フィーちゃん、そのクロネリア・ユースって？」

「もともとクロネリア・ユースは、魔物の巣窟《そうくつ》で死地だったんだけど、今は冒険者による冒険者のための王国になったの」

「冒険者だけの王国……なんだかここみたいね、エギルさん」

華耶に言われ、エギルは「そうだな」と小さな声で答えた。

エギルの額《ひたい》に少しだけ汗が流れる。具合が悪いわけでも、風邪を引いたわけでもない。ただその名前を聞いただけで、消そうとしていた過去の嫌な記憶が蘇《よみがえ》ってくる。

エギルはテーブルに手をついて立ち上がると、

「……わかった。いつここを発《た》つかは後でみんなに伝える。それぞれのやるべきことに取りかかってくれ」

そう伝えると、一人、また一人と皆、何も口にせず部屋を後にしていった。

ハボリックとゲッセンドルフが心配そうにこちらを見つめるが、二人は何も言ってこなかった。

「エギル様、クロネリア・ユースで何かあったのですか……？」

誰もいなくなったと思っていたが、エレノアが隣にそっと立っていた。

「……なぜだ？」

「いえ、顔色が……」

エレノアは心配してくれているのだろう、エギルの手をギュッと握る。

だけどその行為が、エギルの脳裏《のうり》に嫌な記憶を蘇らせた。

――お願い、エギルにしかできないの。

あの日、あの時、あの場所で。

エギルの手を握って、綺麗《きれい》な顔で――まんまと罠《わな》に嵌《は》めた。その記憶が掘り起こされる。だからエギルは、エレノアの手を勢いよく振り解《ほど》いてしまった。

　初めて拒否されたエレノアは後ろに下がり勢いよく頭を下げる。

「も、申し訳ありません……ただ、心配で……」

「い、いや、すまない……」

　エギルは慌ててエレノアを抱き寄せた。金色の髪を撫でながら、何度も何度も、「すまない」と謝り続けた。

「クロネリア・ユースで……いえ」

　エレノアはいったん言うのを止め、別の言葉を紡《つむ》ぐ。

「わたくしはエギル様が大好きなのです。エギル様がそんなに慌てたり、脅《おび》えるような表情をしているのを初めて見ました。なのでよければ教えてください」

　エレノアと彼女は違う。

　だからエギルは、彼女を抱きしめたまま苦しげに笑った。

「……クロネリア・ユースは、俺があいつに裏切られた場所だ」

　エギルは自分でも情けないほど小さな声で伝えた。

「……ルディアナ・モリシュエ、ですか？」

「……シルバさんから、聞いたのか？」

「……申し訳ありません」

「いや、いいさ」

そう返すと、エレノアの拳《こぶし》に力が込もったように感じた。そして聞こえるか聞こえないかほどの小さな声で、

「……ルディアナ」

と、恨《うら》みを込めた声色《こわいろ》でエレノアはその名前を呟いた。

そして、エレノアはエギルを椅子へと押し戻すと、そのまま上に跨《また》がる。

「裏切られたのはとても辛い記憶だと思います。わたくしにもあります。他のみなさんだって、同じような苦しんだり、辛かった過去を持っています。ですが、サナさんやルナさんの笑顔を見たいなら、そしてエギル様自身が過去を清算するためにもそこへ行くべきではないでしょうか」

「エレノア……」

クロネリア・ユースはエギルにとってはもはや過去の場所だ。サナとルナのためになるのであれば、当然そこへ向かうべきだろう。

エレノアはエギルのおでこに自分のおでこをコツンと当てて、優しく微笑んだ。

「もう、過去は忘れてください。あなたがいるべき場所はこれから先、わたくしたちと一緒に歩く未来なのですから」

「……そう、だな」

忌々《いまいま》しい過去に捕らわれていてどうする。彼女たちだって過去に辛いことがあっても、必死に前を向いてる。

幼《おさな》なじみと二人の姉に裏切られた、エレノア。

故郷の村を奴隷《どれい》商人に焼かれた、セリナ。

母親が不治の病に冒《おか》され苦しんだ、サナとルナ。

人としての生き方を示し救ってくれた親友を亡くした、フィー。

何百年も受け継がれた呪われた血族の、華耶。

奴隷商人にさらわれた姉を救うために闇《やみ》ギルドに身を落とした、クロエとシロエ。

みんながそれぞれ、辛くても必死に前を向いて歩いてる。

クロネリア・ユースに彼女はいない、あるのは過去の思い出だけ。それなのにここで迷ってどうするのか。

エギルは――いまだに苦しんでいる彼女たちを助けたい、そう思っているのだから。

「エレノア……すまないな」

「いいえ、初めて苦しそうにしているご主人様を見れて、少し嬉しく思います」

「奴隷オークションで、セリナを競り落とせなかった時も、こんな表情をしただろ?」

「そうでしたね。ふふっ……ですが、こうして苦しんでいる時に側にいられるわたくしは、やっぱり正妻みたいですね」

おどけてみせるエレノアにエギルは笑いかけた。

◆

エギルは華耶とフィーと共に、先程ハルトから聞いた南の住民区へと向かっていた。そしてエギルを見送った後、エレノアは自室へと戻った。普段はあまり使わない部屋。そこでは、エレノア同様、エギルを心配していたセリナとサナとルナが待っていた。

三人が聞きたいことは何か、それをすぐに察したエレノアは、エギルの過去とクロネリア・ユースが大きく関《かか》わっていることを伝えた。

「そっか」

どこか申し訳なさそうに椅子に座っているサナとルナは重い表情を浮かべ、壁に背を預けて立っているセリナは俯《うつむ》いた。

「クロネリア・ユースは、エギルさんがルディアナって奴隷に裏切られた場所だったんだ……」

「そうみたいです。ゲッセンドルフさんやハボリックさんも知っていたみたいですね」

「だね。名前が出たとき、二人ともエギルさんのこと心配そうに見てたし」

サナの言葉に、ルナが何度も頷く。

「それで、エギルさんにあのこと伝えたの……？」

「……アルマさんのこと、ですか？」

セリナは頷く。エレノアは首を左右に振った。

「いいえ、言えませんでした。彼女が何を意図して、エギル様にクロネリア・ユースに向かうよう伝えたのかわからなかったので」

「そうよね。……過去の記憶を蘇らせて苦しめるための、嫌がらせ……とは思えないけど」

「な、なにか、理由があるんだと、思います」

ルナの言葉に三人は頷く。重く沈んだ空気を変えるように、エレノアは手を叩《たた》く。

「どちらにせよ決めるのはエギル様ですから。わたくしたちはわたくしたちにできる準備をしましょう」

何度も頷くサナとルナ。だがセリナは、愛刀に視線を向けながら冷たい声を漏《も》らす。

「準備なんて……一つしかないけどね」

その言葉の意味をみんなが理解した。それについてはエレノアも同意見だった。

◆

騎士や神教団にとっては財宝とも呼べるモノ、それが眠っているとなれば、普通は豪華《ごうか》で煌《きら》びやかな場所を想像するだろう。

しかし、エギルと華耶、そしてフィーが向かったのは何の変哲《へんてつ》もない平屋の一軒家だった。

家に入ると、あちこち毛足がほつれた絨毯《じゅうたん》の下に、薄紫色《うすむらさきいろ》の刻印《こくいん》が刻《きざ》まれた鉄製の扉が隠されていた。

「これか……」

まさかこんなところに神の湖に続く扉があるとは誰も想像しないだろう。

「エギルさん、ハルトたちがここを見つけた時にはこの絨毯の上に家具が置かれていたらしいわ。まるで誰かが意図的に隠していたかのようにね」

「意図的にか」

「……それと、動かされた形跡はなかったって」

ということは、ヴォルツ王国を襲撃《しゅうげき》してきた騎士たちや神教団も、ここを見つけることができなかったのだろう。

「華耶、シュピュリール大陸には、こういう刻印が刻まれた、地下に続く扉はあったか？」

「大陸中を調べたわけじゃないから正確なところはわからないけど、少なくとも、湖の都にはないわ」

扉に付いている取っ手を押したり引いたりしてもびくともしない。どうやっても扉が動く気配はない。おそらく、扉に刻まれた紋章《もんしょう》によって、どんな力を加えても開けられないよう封印されているのだろう。エギルはフィーに視線を向ける。

「フィー、これはさっき言っていた奴に頼めば解除できそうか？」

「……たぶん。この紋章は呪術《じゅじゅつ》の類だと思うから、【アレ】に頼めばできると思う」

フィーは小さく頷きながら答える。

この扉の周りを掘れば、地下へと進めるかもしれない。だがそれで地盤が崩《くず》れてしまえば元も子もない。

となるとやはり、フィーの言っていた人に頼むしかない。だが、フィーはその人物のことを【アレ】としか呼ばず、詳しく話したがらない。

あまりいい人物ではないのだろうと思うが、それでもサナとルナのためにも頼むしかない。

「よし、そろそろ戻るか」

結局、この場所にいてもどうすることもできないという結論に至《いた》った。この下には神の湖が眠ってるはずだが、今は厚い壁に阻《はば》まれてる。

ここにいても何もできないし、何もわからない。エギルたちは再び扉を絨毯と家具で隠し、家を出て城へ向かった。

「……エギル、どうするの？」

隣を歩くフィーはそう言って首を傾げ、華耶も同じように心配そうにエギルを見つめる。

「どうするか。まあ、フィーの言っていた人物に会いに行くしかないな」

ルディアナに裏切られた、かの地、クロネリア・ユース。そこへ向かうしかない。

嫌な出来事があった場所へ向かうのは気が引けるが、それでも、サナとルナの笑顔を取り戻すためには行くしかない。

——エギルがそう思った時だった。

まだ昼間だというのに、一瞬だけ周囲が暗くなったように感じた。その原因は、エギルの真上を飛行する大型の魔物だった。

「来たか」

ドラゴンは広げていた翼をゆっくり閉じると、王城に向かって降下している。

乗っている人物が誰なのか、それはすぐにわかった。

「二人とも、俺は先に戻る」

急いで向かおうとすると、フィーがエギルの手を摑む。

「一人で、大丈夫?」

「ああ、問題ないだろう」

そう返しながらフィーの頭を撫でると、彼女は頬を赤くして、猫のように嬉しそうにする。

エギルは二人と別れて、ドラゴンが降り立った王城へと走った。

屋上へ向かう途中、二階の廊下で、エレノアがエギルに向かって軽くお辞儀《じぎ》をする。

「お待ちしてましたよ、エギル様」

「待ってたのか?」

「ええ。わたくしもお供《とも》しますので」

エレノアはそれだけ答えて、エギルの隣を歩く。

「自分の部屋にいたのか？」

「いいえ、地下で少し調べ物をしておりました」

「書庫か？」

「はい」

この城の地下には鍵《かぎ》のかかった書庫がある。そこには過去の出来事を記した書物が数多く残されている。よく魔物に荒らされなかったなとエギルは思ったが、そもそも魔物は書物を読まないし、食べたりもしないので、破れたページはあっても、おおかたはそのまま本棚に並べられたままになっていた。

そしてエレノアは時間があれば、その過去の書物に目を通していた。

エギルの力になりたいと考え、彼女なりに少しでもクロネリア・ユースの情報を得ようとしてくれているのだろう。

「ちょうど書庫から出てきた時、この王城の真上にドラゴンが降り立ったことに気づきまして、ここでエギル様が来るのを待っておりました」

「わざわざこんなところで待たなくてもよかったのに」

「そうはいきません。エギル様に置いていかれたくないですから」

そんなわけで、地下から急いで二階へと戻ってきたのだろう。

「妻として、あの方のお話をちゃんと聞きたいですし、それに他のみなさんにもちゃんとお伝えしないといけませんから」

笑顔でそう告げたエレノアに、エギルも笑顔で言葉を返す。

「みんなに、俺といるよう頼まれたか？」

ドラゴンの翼を羽ばたかせる音は騒がしい。誰だって気づくだろう。こんなときには大抵《たいてい》、真っ先に来るセリナや、この近くにいるであろうサナやルナがいないということは、他のみんなに一緒にいるよう頼まれたのだろう。

「さあ、それはどうでしょうか。もしそういうことがあるとすれば、みなさん難しい話が苦手だからとかでしょうか？」

――エレノアは、みんなにとっても、エギルにとっても、良き理解者のような存在だから。

「まあいい、それじゃあ、一緒について来てくれ」

「はい、どこまでも」

隣にそっと寄り添うエレノアと共に、エギルは階段を上っていく。

そして王城の最上階へ到着すると、待ち人はエギルを見てニヤリと笑う。

「ふむ、出迎えてくれるとはありがたいのう」

「出迎えじゃないんだがな」

薄紫色の髪を胸元まで伸ばし、黒の生地《きじ》に赤い糸の刺繍《ししゅう》をあしらったドレスを纏《まと》う少女――レヴィアは、エレノアに視線を向ける。

「つれない男じゃなお主は。我《われ》とお主の二人だけで話せるかと思ったのだが……？」

邪魔だというよりも不思議そうな眼差《まなざ》しを向けられたエレノアは笑顔を崩さず答えた。

「エギル様と女性を二人っきりにしてしまうと、またわたくしたちのような妻が増えてしまいますからね。第一夫人として、わたくしは立ち会わなければいけないんです」

その言葉をキョトンとした表情で聞いていたかと思うと、レヴィアはケラケラと笑い出した。

「アハハハッ！　そうかそうか、それでは、お主も交えるとしようか」

「レヴィア、ついて来てくれるか？」

「うむ、我はどこでもいいのじゃ。それに昨夜は暗くてあまりよく拝見できんかった、お主らが作り上げた王城をよく見てみたいからのう」

レヴィアはすんなり後ろをついて来る。だが時折、視線だけを動かして、廊下のあちこちを見ていた。

「さあ、入ってくれ」

「うむ。前と比べて随分《ずいぶん》と綺麗になったのう。――もう、アロヘインは生えてないのかのう？」

レヴィアは冗談まじりに来賓《らいひん》用の部屋を見渡しながら言った。

「アロヘインは全《すべ》て処分したからな。エレノア」

「はい。レヴィアさん、コーヒーと紅茶、どちらがよろしいですか？」

その問いかけに、レヴィアは即答した。

「我はコーヒーなのじゃ！　ミルクと砂糖たっぷりの甘めで頼むのじゃ！」

「かしこまりました」

見た目通りの子供だな。

そう思ってエギルが笑いかけると、レヴィアはまた周囲に視線を向ける。

「何か気になるか？」

「うむ、この辺りの空気が変わったと思ってのう」

「空気？　前と変わらないと思うんだが」

「お主にはわからないだろうが、魔物に育てられた我にはわかるのじゃよ。前までは、魔物が好む暖かさがあった。だけど今は少し違うのう」

エギルはそこまで気にしていなかったが、レヴィアは大きく頷く。

「お二人とも、お待たせしました」

コーヒーが注がれたカップを三つお盆に載《の》せて、エレノアが戻ってきた。

一つだけおかしいほどの数の角砂糖がソーサーに添えられたカップがある。レヴィアはすぐさまそれを受け取り、一つ、また一つと砂糖を入れる。

そしてエレノアがエギルの隣に座ると、テーブルを挟《はさ》んで二人の正面に座るレヴィアはカップに口をつけ、こちらをじっと見つめる。

「ふむふむ、良き妻を持ってお主も幸せ者じゃな」

「まあな」

皮肉かどうかは不明だが、レヴィアが美味しそうにコーヒーを飲んでるので、おそらくは本心なのだろう。

「まず、昨日は助かった。ありがとう」

エギルが頭を下げると、レヴィアはにっこりと笑顔を浮かべる。

「なになに気にするでない。我にとっては、お主に恩を売れて良かったからのう」

「ここへは世間話《せけん》をするために来たわけじゃないだろ？」

カップをテーブルに置いて、レヴィアは本題に移る。

「お主らはここが襲われた理由と、襲ってきた者たちが何者かわかっておるか？」

そう尋《たず》ねられ、エギルは軽く頷く。

「半分、といったところだな」

「ほう、それで？」

レヴィアは続きを求めた。エレノアは不安そうにエギルを見つめる。

目の前に座る彼女は仲間ではない。昨夜は助けてもらったが、《ゴレイアス砦《とりで》侵攻戦》での一件では最後には敵であることがわかった。

神の湖について教えて問題ないか、エギルは確信が持てなかった。しかし、レヴィアに隠し事は無意味だと思い、隠さず伝えることにした。

「この国の住民区に、神の湖へと続く地下通路がある。それを狙《ねら》っているのが騎士団と神教団だと……。だが、その騎士たちがどこの王国に所属している者かはわからない」

「なるほど」

あたかも知っていたかのような反応に、エギルは聞いてしまった。

「……レヴィアは知っていたのか？　この国の地下に神の湖があることを」

すると、彼女はニヤリと笑みを浮かべた。

「予想はしておった。だが、正確な位置は摑めておらんかった」

「もしかして、お前が《ゴレイアス砦侵攻戦》のクエストに参加していたのは、神の湖を探すためだったのか……？」

その言葉に、レヴィアは「どうかのう」と曖昧《あいまい》な返事をする。

「ただ、多くの聖力石《せいりょくせき》を求めていたことも事実なのじゃ」

「その二つ、ってことか？」

「うむ。その前に、エギルよ、我はお主が正直に話してくれたことが嬉しいのじゃ」

「どういう意味だ？」

「言葉通りじゃよ。だから我からもいくつか情報を教えようと思う」

レヴィアはカップに口をつけると、喉《のど》を潤《うるお》し、そしてエギルに伝えた。

「まずはここがどんな場所なのか——世界中に沢山《たくさん》あった死地《デッドスポット》の成り立ちを説明しようかのう」

「成り立ち……？　死地はただ魔物が住み着いただけの場所だろ？」

「うむ、世間的にはそうなのじゃ。ただ、死地と魔物の住処《すみか》は同じではないのじゃよ」

レヴィアはソーサーに添えられた角砂糖を全てコーヒーに入れてしまったので、エレノアが一緒に持ってきてくれていた角砂糖の入った瓶《びん》を引き寄せ、蓋《ふた》を開ける。

そして再び一個、また一個とコーヒーの中へと入れた。

「人間が住む場所は、例《たと》えばどんなとこかのう？」

「それは、衣食住がしっかりと確保できる安全なとこだろ」

「であろうな。じゃが、魔物は違うのじゃ。人間以上に、住みやすい気温というものが存在するのじゃ」

「気温？　……つまり、ここは魔物が住むのに適した温度だったってことか？」

——前までは魔物が好む暖かさがあった。

エギルは先程レヴィアが部屋に入るなり言った言葉を思い出した。

エギルの推測《すいそく》は正解だったようで、レヴィアはまた角砂糖を摘《つ》まみ、頷きながらコーヒーの中へ入れる。

「人間が勝手に死地と呼んでいるのは、最初からなるべくしてなった魔物の巣窟なのじゃよ」

「つまり、魔物が住みやすい気温だから、そこに魔物が集まって死地になったってことか？」

「そうじゃ。そして、その気温が高くなる原因が――」

「――地下にある神の湖の水の温度、ですね？」

ずっと黙っていたエレノアが口を開くと、レヴィアは表情を変え、驚いたのか角砂糖をテーブルに落とした。

「やはりお主は、良い妻を持ったのう」

レヴィアは角砂糖を拾ってコーヒーに入れると、何度か頷く。エギルはエレノアに視線を向けた。

「どういうことだ、エレノア……？」

「実は書庫で王国近辺の過去の気温を一日単位で記録した書物がありました。それを読み解くと、この近辺では年に数回だけ、異様なほど気温が上がる時期があったのです。わたくしもレヴィアさんの話を聞く前までは自然現象の一種かと思っていました。……ですが、どうやら繋《つな》がっているのですね」

「そのようなものを記した書物が死地であったこの地に残っておるとはのう」

「書庫に保管されていたので無事でした」

「ふむ、この地についての記録を後世に残そうと思った者がおった、ということじゃな」

「ええ、おそらく。それにアロヘインは、気候が温暖で湿度が高いところが生育しやすいという記録も読みました。であれば、神の湖がある土地ではアロヘインが十分に育つと考えられます。騎士たちはアロヘインの生育条件に気づいたため、神の湖を探す道標《みちしるべ》にした……というのが、わたくしが考えた仮説です。当たってますか？」

レヴィアは小さく頷いた。

「……そう関連づけるのが自然じゃな。おそらくこの王国の地下深くに眠る神の湖が熱源となっているのじゃ」

そしてレヴィアは真剣な表情で一度だけ言った。

「我も未《いま》だこの眼《め》で確認したことがないから断定はできないが、神の湖は、冷たい水ではなく、熱を持った湖の可能性があるのじゃ」

湖は多くの場合、冷たく、透き通った水が広がるところである。だが神の湖はそうではなく、熱を持った水。それはまるで温泉のような場所だろう。

「それにじゃ」

レヴィアは言葉を続けた。

「その神の湖が熱を発してるとして、その時期はたぶん変動するのじゃ。どの季節に地面から熱を感じるか、それは書物にも書いてなかったであろう？」

「ええ、ある時は寒い時期、ある時は暖かい時期でした。記録に規則性は見られなかったです」

「うむ。その記録した者も、どの季節に熱を発するのかを特定できなかったのであろう。……なぜか、わかるか?」

そう言ってレヴィアはエギルをジッと見つめる。

エギルは少し考えてから、二人から聞いた内容をもとに推測を述べた。

「地下にある神の湖を、その目で確認できなかった、あるいは、あの扉を見つけられなかったか、見つけたとしてもその奥には行けなかったから、か?」

「であろうな。要するにずっと昔から、そこにあったのに、そこに到達できた者がいない。もしくは――」

到達はしたが、それを記録できなかった。

レヴィアはそう言った。

その物言いは、神の湖を見た者が記録として残そうとしたのに、それを何者かによって阻まれてしまったと言いたげだった。

そんな憶測《おくそく》だらけの会話なのに、この話にはどこか信憑性《しんぴょうせい》があり、世界の真実に近づいてるような恐ろしさがあった。

そして、レヴィアは、

「そこで我からお主らに頼みたいことは一つ。神の湖へと続く地下通路、その扉を開ける時、我も一緒に、中を見せてもらいたいのじゃ」

そう告げた。

「それだけか？」

「うむ、それだけなのじゃ。どうだろう、問題なかろう？」

「本当に、それだけでしょうか？」

エギルが返事するよりも先に、同じ疑問を持っていたエレノアが口を開く。

すると、レヴィアは子供のように頬を膨《ふく》らませた。拗《す》ねているようだった。

「なんじゃなんじゃ！　我はお主らの敵ではあるが、これまでもお主らに手を貸したではないか。それなのに我のことを信じられんと言うのか⁉」

「いえ、そういうわけではないのです。……ただ、本当に見るだけなのか疑問に思っただけです」

「……ふむ、お主らが不思議に思うのも無理はないが、我は本当に見るだけで十分なのじゃ」

ただ、とレヴィアは悲しそうに俯きながら言葉を続けた。

「……見たら何かが変わる、いや、変えてしまうかもしれんがのう」

そこまで聞いて、エレノアは判断を委《ゆだ》ねるといった感じでエギルに視線を向けてくる。

要するに、レヴィアは神の湖を見たいのだろう。だが、それは研究者や科学者が抱くような興味や探求心からくるものではない。

いずれにせよ、扉の向こうに何があるのか、そして何が待っているのか。それはレヴィアも知らないようだった。

けれど、エギルはレヴィアの言葉を簡単に信じられない。

それは彼女が闇ギルドに所属しているからだ。レヴィアはエギルたちの仲間ではない。裏切るだろうから、というよりも、そもそも仲間じゃないから、神の湖に辿《たど》り着いた時、一体どんな行動に出るかわからない。

「ああ、わかった」

仲間じゃないから疑うしかない。

仲間じゃないから警戒《けいかい》するしかない。

そもそも絶対的な信頼関係があるわけではなく、これまではたまたまお互いの利害が一致しただけのこと。

だから疑われることも、警戒されることも、彼女はすべてわかっているはずだ。

本来ならこんな怪《あや》しい話は受けない方がいい。だけどレヴィアの助言によってエギルはクロエとシロエを殺さずにすんだ。そして、王国に帰還《きかん》するときにドラゴンまで貸してくれた。利害が一致している時、彼女はエギルの邪魔は一切していないのだ。

だから今回だけは特別に彼女と行動を共にする。

その先どうなるかわからないが、今はそうするのがいいだろう。

――信じて裏切られたほうがいい。

あの日からずっとそうしてきた。であればレヴィアに対しても、この気持ちを持ち続けてもいいのではないか。

それに彼女を同行させて神の湖を前にしたら、何か湖に関する新たな情報を引き出せるかもしれない。

「だが神の湖へと続く道は封印されてるみたいで開くことができないんだ」

「そうであろうな。で、その封印を解く方法は見つかったのか？」

「ああ、だから俺たちは……クロネリア・ユースに向かおうと思う」

そう伝えると、レヴィアはピクリと眉《まゆ》を動かした。

「……お主、いいのか？　その場所にお主が行っても」

「……知ってるんだな、俺の昔のことを」

「うむ、風の噂《うわさ》程度にはのう」

「そうか。まあ、構わない。あそこへ行かないとこの先へは進めない。なら俺は、みんなと行くさ」

あの頃のエギルには、側《そば》で支えてくれる者は少なかった。だけど今では沢山の仲間が——大切な存在がいる。

そしてエギルの言葉を受け、レヴィアは「ふむ」と相槌《あいづち》を打って立ち上がる。

「では、我もお主らに同行するとしようかの」

「なに？」

「そのクロネリア・ユースにも、かつてさっき話したような異常に気温が高くなる時期があったそうじゃ。もしかしたらその王国を作った者は、神の湖を手にしたのかもしれぬ」

「手にしたということは、神の湖を実際に見たということか？」

「おそらくは、じゃ。そこが冒険者の街と呼ばれるほど、実力のある冒険者が集まったのも、何か関係があるかもしれんのう」

レヴィアはそう言うと部屋の扉へ向かって歩き出す。

「出発は早い方がいいじゃろ？　明日の朝、またここへ来る」

バタンと扉が閉まると、エギルとエレノアの二人だけになる。

「……エギル様、あまり良い流れではないですね」

「ああ、そうだな」

今まで普通の冒険者として日銭を稼《かせ》いでいたエギルが、いつの間にか、自分でも気づかないうちに世界の秘密に触れてしまっているようだった。

——引き返すなら今だ。

大切な彼女たちを守りたいなら、これ以上は先に進むべきではないのだろう。

しかし、

「サナとルナの母親を助けるためにもそこへ行くしかない。それに、この秘密を解き明かさないかぎり、おそらくこの王国は永遠に狙《ねら》われ続ける」

もしかしたらもう、立ち止まれないところまでエギルは足を踏み込んでしまっているのかもしれない。

「みんなを集めてくれ。明日、誰が俺と一緒にクロネリア・ユースに向かうか決める」

「わかりました。では」

エレノアは軽く頭を下げると、部屋を出て行く。

◆

「——というわけなんだ」

普段食事をとるための部屋で、先の会議の時と同じ面々に、エギルはレヴィアから聞いた情報を全て話した。

窓の外は薄暗くなりつつあり、部屋の中の空気が重たく感じられた。

エギルが説明を終えると、真っ先に口を開いたのは華耶だった。

「レヴィアと行動する理由は、なんとなくだけどわかったわ。だけど彼女のこと、そこまで信用していいの？」

「完全に信用しているわけではない。だけど、レヴィアは確実に俺たちよりも多くのことを知ってる。そんな彼女が行動を共にしてくれれば助かることもあるはずだ」

「……そうだけど。なんだか嫌な予感がするわね」

闇ギルドに所属しており、多くの人間の命を奪ったレヴィアの存在を不安に思うのは当然のことだった。

中でも、ハルトはレヴィアと行動を共にすることにどうしても納得がいかないようだ。

「自分は反対ですね。あいつは……自分の仲間を殺した奴です。どんな裏があるかわかりません」

そのハルトの言葉にセリナが同調する。

「エギルさん、私もあまり信用できません。クロエとシロエを直接にではなくても助けてくれたことは感謝してます。だけど、あくまで彼女は敵です。そもそもここが死地だった時に受けた《ゴレイアス砦侵攻戦》のクエストだって、最初からここに神の湖があるって知ってて、それを狙っていたかもしれないんですよね？」

セリナの言う通り、その可能性はある。

「もしそうだったとしても、俺はあいつが何か知ってるなら同行させるべきだと思ってる。もし俺たちだけで封印を解いて、神の湖を目の前にできたとしても、そのあと、どうするべきかわからないからな」

「神の湖は、情報を持たないわたくしたちにとって危険を引き起こす呼び水でしかないですしね」

　エレノアの発言を受け、エギルは頷く。

「ああ、エレノアの言う通りだ。だったら、ここは同行させて、あいつの反応を見るのがいいと思うんだ。それになぜ湖が熱を発してるのか、なぜ年に数回だけ熱を発するのか。神の湖を目の前にして、レヴィアから新たな情報を聞きだすことができるかもしれない」

　エギルの言葉を聞き、それぞれが考えた。

　すると、いつも通りハボリックがお気楽な様子で言う。

「んま、どうするかの最終決断は旦那《だんな》に任せるっすよ。それに俺たちは従いますから」

「エギル様、ハボリックの言う通りですね。決定権はエギル様にありますから」

　ゲッセンドルフの言葉に、全員が頷く。

「わかった。俺はレヴィアの同行を許可しようと思う。それで、最後に誰が俺と一緒に行くかなんだが――」

「今回はわたくしたち全員が同行いたします」

「なに？」

　エレノアの言葉に最も驚いたのはエギルだった。おそらくエレノアはセリナやフィーに、華耶、それにサナとルナとも既に話し合っていたのだろう。ゲッセンドルフやハボリック、そしてハルトたちの様子を見ても、こうなることを予測していたのだろう。

「だが、またここが攻められたら……」

「旦那、それは大丈夫っすよ。前回のようにならないよう冒険者をもっと集めるっすから」

「そうですよ、エギル様。その資金は、ハボリックとわたしが調達しますから」

「湖の都から移住してくれたみんなにも説明しておいたわ。不安がってはいたけど、湖の都にいた時とは違って今は冒険者のみんなが守ってくれることがわかっているから問題ないって。だから、私たちも行くわ」

　そして、エレノアは口を開く。

「これから行くところは、エギル様がかつて辛い目に遭《あ》われた場所ですからね。わたくしたち妻としては、側にいたいのです」

「エレノア……」

　おそらく、クロネリア・ユースで何かあるかもしれないと思って言ってくれたのだろう。もしかしたらルディアナ・モリシュエ――初恋の彼女と再会するかもしれない。彼女たちはそれを心配してくれているのだろう。

「わかった」

　エギルは立ち上がる。

「すまないが、ここのことは任せる。なるべく早く戻るから」

　これがこの国の主として正しい選択かどうかはわからない。だがここで彼女たちを拒《こば》むこともできない。それに、何を言っても彼女たちは聞いてくれないだろう。

「明日、俺たちはクロネリア・ユースに向かう。そこであの封印を、そしてサナとルナの母親にかけられた呪いを解いてくれる者を捜す」

エギルの言葉に、ゲッセンドルフとハボリック、それにハルトも力強く頷いてくれた。

捜し出して連れて来ればいいだけだ。

クロネリア・ユースで何もなければ、それで終わりだ。

なにも……。

なにも心配することはない、はずなんだ。

四章　過去との決別を

見晴らしの良い平原に、王国『クロネリア・ユース』が姿を現す。

このフェゼーリスト大陸には冒険者によって築き上げられた冒険者のための国がいくつか存在する。その代表格と言えるのが、エギルたちが朝早くから馬車に乗って向かっている『クロネリア・ユース』だ。

元は死地《デッドスポット》であったこの場所を、冒険者たちが魔物を排除《はいじょ》して王国を建てた。

クロネリア・ユースを築いたのは――エギルと同じくクエストを引き受け、この土地に居座っていた魔物を討伐《とうばつ》した冒険者なのだろう。

ただここで暮らす住民すべてが冒険者というわけではない。

冒険者の使う武器や防具を作る職人もいれば、冒険者に食事を提供する料理人や長期滞在する外部の冒険者のための宿屋もある。一番の特徴は政治も経済も冒険者を中心に回っており、貴族階級が存在するような王政ではないということ。

「……冒険者カードを」

エギルたちを乗せた馬車がクロネリア・ユースに入る門へ続く橋を渡っていると、愛想《あいそう》の悪い門兵が現れた。その男は馬車の窓に向かって手を出し、エギルにカードを差し出すよう催促《さいそく》している。その目は微《かす》かにこちらを睨《にら》みつけてるような気がした。三人いる門兵の服装はそれぞれ違っている。おそらく彼らは冒険者なのだろう。

エギルは門兵に冒険者カードを提示する。

「ああ」

冒険者ランクを確認したのだろう、愛想の悪い門兵の眉《まゆ》が少しだけ上がった。

「……どうぞ」

入国を許され、再びガタガタと音を鳴らして馬車は進む。

「意外とあっさり通してくれましたね。外から来る者は、もう少し警戒《けいかい》されるかと思いました」

エギルの隣に座るエレノアが不思議そうに声を漏《も》らす。

「あれこれ聞かれると思ったんだが、それもなかったな」

「ええ、エギル様のランクを見て驚いたのでしょうか」

「驚いた……か」

エギルは後ろを振り返る。

通してくれた門兵はまだこちらを見ていた。少し不気味に感じられたが、エギルは首を横に振った。

「まあいい。それよりフィー、尋《たず》ね人のいる場所はわかるか？」

後ろに座っているフィーに声をかける。

「……うん、【アレ】が住んでる場所を変えてるとは思えないから、たぶんわかる」

「そうか」

「ただ、全員で訪ねるのは止《や》めておいたほうがいいかも。難しい性格だから」

「そうか。だが……」

すると、華耶《かや》はクロエとシロエの頭を撫《な》でる。

「エギルさん、私とサナルナちゃんとシロクロちゃんは、宿屋で少し休んでるわね」

華耶の言葉にサナとルナは驚き、「でも……」と口を開くが、華耶は二人に優しく微笑《ほほえ》む。

「ここに来るまでの間、ずっと顔が強張《こわば》ってたわよ……。そんな状態で話を聞いても、頭に入ってこないんじゃない？」

「でも、お母さんを助けてくれるかもしれない人に、あたしたちがお願いしないのは……」

「そうね。だったら、まずはエギルさんたちに任せて、それからお礼をしましょう」

サナとルナはここへ来るまでの間、ずっとそわそわしたり、落ち着きがなかった。

母親の病気が治り、また前のように一緒にいられる可能性が出てきたのだから無理もないだろう。

二人は悩み、エギルに視線を向ける。エギルは二人に笑顔を向ける。

「華耶の言う通り、まずは俺たちで頼んでくるから、二人は待っててくれ。ずっと気を張ったままだと疲れるだろうしな」

そう伝えると、二人は申し訳なさそうに頷《うなず》いた。

「わかった。あたしたちは待ってる。よろしくお願いします」

「よ、よろしくお願いします」

華耶はエギルに小さな声で言う。

「これで、良かったのよね？」

「ああ、すまない。本来は俺が言うべきなんだがな」

「いいのよ。それに……絶対に治せるわけではないのだから、二人を同行させるのは避けたいわよね」

「……そうだな」

あくまで可能性がありそうだからクロネリア・ユースに来たのであって、絶対に治る、と断言できるわけではない。であれば、もしものことを考えて二人にはある程度見通しが立ってから伝えるべきだろう。

「私のほうで少しでも緊張をほぐしておくわ。だから、エギルさんはお願いね」

「わかってる。可能性があるなら、何があっても頼んでみる」

二人の笑顔が見れるなら。エギルはそう思い、安心させるように他の女性たちと会話するサナとルナに視線を向ける。

「おねえちゃん、わたしたちも?」

クロエとシロエはセリナを見る。

「二人も華耶さんたちとお留守番しててくれる?」

セリナにそう言われると、二人はすぐに納得してくれたみたいだ。

「それじゃあ俺とエレノア、それにセリナとフィーとレヴィアで会ってくる」

フィーが全員で訪ねないほうがいいと言ったことから、どうしても行く人数は絞《しぼ》る必要があった。華耶の機転によって割とすんなり人数を減らすことができて良かった。

そしてエギルたちは華耶たちと宿屋で別れ、フィーの案内について行く。

クロネリア・ユースはヴォルツ王国と似ている。国全体を囲う高い壁、住民が暮らすエリアがあり、中心部に王城がそびえ立つ。

ヴォルツ王国と違うのは、多くの商店があり、街が賑《にぎ》わいを見せていることだ。国内においては人の出入りが自由で、住民の表情は幸せそう。笑い声が絶えず聞こえてきた。

——冒険者だけの王国の完成形、といったところだろうか。

「右を見ても左を見ても冒険者ばかりですね」

商業エリアと称されている場所をエギルたちが歩いていると、セリナが驚いたように声を漏らす。彼女の言う通り、辺《あた》りには防具を装備した冒険者たちが大勢いる。そして男性の方が圧倒的に多い。

その男女比に気づいて、セリナは悪い笑みを浮かべる。

「もしかして、ここを取り仕切ってる人って、エレノアみたいな変態だったり……？」

「わたくしに男性を囲う趣味はありません。まったく、ふざけてると、変な男性に声をかけられますよ？」

エレノアに言われ、セリナは慌《あわ》ててエギルの腕を掴《つか》む。

奴隷具《どれいぐ》をスカーフで隠しているとはいえ、ドレスを着たエレノアの色気や、セリナやフィーの容姿に目を奪われる者は多い。

そんな視線を感じながら石畳《いしだたみ》の道を歩く。

「昔と変わったな……」

賑やかな商業エリアから見える王城。そこは昔、エギルがルディアナに突き落とされたところで、その時は廃城だった。

過去の悲しい記憶が蘇《よみがえ》るかと思ったが、エギルの知っている死地《デッドスポット》とは大きく変わっているため、気持ちが重たくなることはなかった。今では純白の石壁で固められている王城の姿を綺《き》麗《れい》だとさえ感じる。

どんな冒険者がここを統治しているのか。

同じ冒険者の王として少し気になっていた。すると、レヴィアがボソッと呟《つぶや》く。

「つまらん」

「何がだ？」

レヴィアに聞くと、彼女はため息混じりに答える。

「……先程の門兵。奴《やつ》も冒険者であろうに、あそこに突っ立ってるだけとは……冒険者の名が廃《すた》るというものじゃ」

その言葉に、エレノアがクスクスと笑う。

「たしかにそうですね。普通なら王国や街を守るのは騎士の役目ですが、ここではそれを行うのも冒険者ですからね。少し違和感はありますね」

「うむうむ、冒険者としての自覚を失ってるのかもしれぬな。お主もそう思わんか？」

レヴィアに視線を向けられ、エギルは周囲を見ながら答える。

「たしかにそうだな。冒険者は一カ所に根を張らず色々な地を転々としているものだが、ここの連中は、そんな感じはしないな。まあ、格好《かっこう》や雰囲気《ふんいき》でしか判断できないが」

このクロネリア・ユースを統治している冒険者ならともかく、周囲にいる誰を見てもクエストに向かおうとしてる様子がない。

そう思ったのは、昼間だというのに酒を飲んで騒ぐ冒険者らしき連中が数多くいたからだ。

冒険者は早朝からクエストへ向かうのが一般的だ。なにせクエストへ行かなければ報酬《ほうしゅう》が貰《もら》えず、稼《かせ》ぎがなくなる。それなのに昼間から酒に溺《おぼ》れている冒険者が多いのはどういうことなのか。休業日を設けているのならおかしくはないが、冒険者が揃《そろ》って休みを取るとは考えられない。

「……まるで、クエストを受ける必要がないみたいじゃな」

レヴィアが呆《あき》れたように言う。

「冒険者だけの王国が、一般的な王国となったということじゃな」

「ああ、そうだな」

そんな話をしているうち、商業エリアから外れた、居住エリアに入った。

そしてフィーは、とある屋敷の前で足を止めた。

「やっぱり変わってない。ここだよ」

「ここって……」

明るい色合いの屋根を持つ瀟洒《しょうしゃ》な家が並ぶ中、フィーが指差したのは、所々ヒビが入り塗装のはがれた外壁に包まれた今にも崩れそうな薄暗いたたずまいの大きな屋敷。ずっと手入れをしていないようで、庭だった場所には雑草がぼうぼうに生えていた。ご近所付き合いを拒絶します、と言わんばかりのこの幽霊屋敷に、到底《とうてい》人が住んでいるとは思えなかった。

「本当に、ここに住んでるのか？」

エギルがフィーに聞くと、彼女は頷いた。

「……たぶん。昔からこんな風だから」

「ふむ、これでは家主は人間ではなく魔物みたいだのう。我らの大好きな匂《にお》いがするのじゃ」

レヴィアは高笑いをする。

こんなところに住んでいるということは相当な変わり者なのだろう。

フィーは何の躊躇《ためら》いもなく中へと入っていく。

「入ってみるしか、ないか」

エギルたちもフィーの後を追う。

「これは……」

屋敷の中に足を踏み入れた途端《とたん》、エギルたちは絶句した。

一言で表すなら『巨大図書館』。

屋敷中を書物が占めており、昼間だというのにカーテンは閉めきられ、建物内は壁に掛けられた蠟燭《ろうそく》の灯《あか》りだけなので薄暗い。

四方の壁一面に設置された書架《しょか》は満杯でそこに収めきれなかった書物は無造作《むぞうさ》に床に積み上げられており、足の踏み場もないほどだ。

「うわ、これ絶対に難しいやつだよ」

セリナが落ちていた本を手にして拒否反応を見せる。題名を見ただけでも難しい内容だと推測できた。

それにしても、ここには人の気配が全くしない。

「……留守か？」

そうフィーに問いかけると、彼女は首を左右に振った。

「ううん、【アレ】が外出するはずない。いる、どこかに」

「どこかと言われても、いませんよね……？」

エレノアは辺りを見回しながら苦笑いを浮かべる。

レヴィアは難しそうな書物を興味深そうに見ており、フィーの言葉が信じられないようだ。

「いると言われても、物音すらしないしな」

人が住んでいるとは思えないほど書物が溢《あふ》れているので、捜そうにも捜せない。

「たぶん、あそこ」

フィーが指差したのは、二階。一階同様、そこも本の山。

エギルたちは本に遮《さえぎ》られてフィーが指差した場所がわからず、見る角度を変えてみる。

その時、

――バサッ！

二階から、本が数冊落ちてきた。

「……ソフィア、そこにいるの？」

フィーは二階に声をかけた。

ソフィア。エギルたちは初めて、フィーが【アレ】と呼び続けていた人物の名前を聞いた。

そして、パタンと書物が閉じられる音が微かに聞こえた。

「……はあ。誰よ、私の家に勝手に入ってきたバカは」

面倒《めんどう》くさそうな少女の声。のそのそと、落下防止の手すりへと誰かが近づいてくる。

「ったく……ん、もしかしてフィー？」

「久しぶり、ソフィア。相変わらず本ばっかりだね、ここ」

手すりに手をかけた女性は、フィーを見るなり首を傾《かし》げた。

橙色《だいだいいろ》の髪を束ねて後頭部でまとめており、吊《つ》り目で黒縁《くろぶち》の眼鏡《めがね》をかけている。背丈《せたけ》は一六〇センチほどで、足首まで届く丈の長い白衣を身に着け、ショートパンツからすらりと白くて長い足が伸びていた。

年齢はおそらく十代後半だろう。大人っぽいというよりも可愛《かわい》い雰囲気であるが、目つきが悪いため、どこか意地悪そうに見える。

そんな彼女を見て、エギルはフィーに声をかける。

「彼女がフィーの言っていたアレか？」

「そう。ソフィア・アルビオン。変わり者」

「……変わり者とは失礼ね、ただ人が苦手なだけよ」

そう言った彼女はやれやれといった感じで首を左右に振り、ゆっくりと階段を下りてくる。

「それにしても、フィーがここへ来るなんて久しぶりじゃない？　なに、別の奴隷具を付けられて外してもらいたいわけ？」

「ううん、それはいい」

「ふぅん、じゃあどうしたのよ？」

ソフィアは一階に下りてくると、フィーだけに声をかける。

まるでエギルたちは見えていないような、少しおかしな行動だった。

そしてフィーはエギルを指差す。

「エギルが、ソフィアにお願いがあるって」

そう伝えると、ソフィアは眉をピクッとさせ、エギルをじっと見つめる。

「……ふぅん」

ジロジロと、頭の天辺から足の爪先《つまさき》まで観察するかのような視線をエギルは受ける。

「まあいいわ。とりあえず話だけは聞くから、二階に上がってちょうだい」

ソフィアはそう言って再び階段を上がっていく。

エギルたちは顔を見合わせてから、彼女の後を追うように階段を上っていく。

「これは……」

エギルたちは再び絶句した。

一階は歩く場所がないほど書物が散乱していた。二階はさすがにそれほどではないと思いきや、むしろ、二階の方がうずたかく積まれているし、床も見えない。

「まあ、好きなとこ座って」

ソフィアは適当に足で書物をどかすと、自分のスペースだけを確保して座り、

「フィーはここね」

膝《ひざ》をポンポンと叩《たた》いて、自分の上にフィーを誘う。

フィーはあからさまに嫌そうな表情をする。

「……いやだ」

「断るの？　じゃあ私もそいつのお願いを断るわよ？　いいの？」

「……」

ソフィアは少しだけ意地悪い笑みを浮かべると、フィーは渋い表情でエギルを見る。

どんな意図があるのかわからないが、フィーがソフィアの膝の上に座らなければ話が進まないようだ。しかし、それをフィーは嫌がっている。

「……なんだか、すまない」

「……」

エギルはフィーに小さく伝えると、無言のままソフィアのもとへ向かい――膝の上に座った。

「うん、やっぱり最高の抱き心地ね」

後ろからフィーを抱きしめながらソフィアは初めて笑顔を見せる。膝に乗せられたフィーは人形のように頭をガクッと垂《た》れ、その目にはもはや生気が失われていた。

「エギル様……なんだか不思議な方ですね」

「ああ、そうだな」

「……危ない感じ、な人ですね」

エレノアとセリナに小声で伝えられて、エギルは軽く頷く。

「三人は適当にそこら辺に座って」

エギル、エレノア、セリナを指差したソフィア。三人は書物をどかして、適当に座れる場所を作る。だが、レヴィアにだけは手招きをして、

「──あなたは、こっちに座るの」

自分の横をポンポンと叩く。

意図がわからず、レヴィアは首を傾げる。

「うむ、我もそっちに座るのじゃな？」

「……のじゃ。……うん、あなたは絶対に私の隣。それ以外は受けつけないわ」

エギルたち三人の座る位置は指定しないが、レヴィアは近くに座らせる。

膝の上にいるフィーがエギルを見る。

「ソフィアは女好きで、超が付くほどのロリコンだから……背の低い女しか近くに寄せないの」

それを聞いて、セリナがうっと体を後ろに反らした。

フィーとレヴィアに共通してるのは、外見が子供っぽいということだけ。紛《まぎ》れもなく、彼女

はロリコンなのであろう。二人はソフィアにとっては最高の獲物《えもの》というわけだ。

だが心外だと言わんばかりにソフィアは否定し、持論を述べた。

「私は別にロリコンじゃないわよ？　ただ、幼《おさな》い少女が好きなだけ」

「……それをロリコンって言うんだよ」

「ふぅん、まっ、どっちでもいいわ。ほら、あんたらも早く座りなさいよ」

扱いが全く違うのは、エギルとエレノアとセリナは大人だと判断されたからなのか。

「俺の名はエギルだ。それで早速《さっそく》本題に入るが――」

話を聞いてもらえそうな空気になったので、エギルは自己紹介を手短に済ませると、ここへ来た目的を伝えた。

サナとルナの母親の病気を治すこと。

神の湖へと続く扉の封印《ふういん》を解呪《かいじゅ》すること。

この二つの願いを伝える。その最中、ソフィアは黙って話を聞いた。そして話が終わると、彼女は「うん」と小さく声を発し、

「おそらく、できるわね」

そうはっきりと答えた。

「本当か？」

「ええ、本当よ。ただ、すぐにってわけじゃないわ。それぞれの呪《のろ》いや封印を解くには、症状

や状態を見て、その対象にかけられた術式を理解する必要があるのよ」

「術式……」

「まあ、知識がないあんたたちに言っても無駄ね。私がこの子の奴隷具を外してあげたことは聞いてるわよね？」

この子、というのは現在、頭を撫でられているフィーのことだろう。エギルは頷く。

「それは、その奴隷具に込められた魔術の術式を理解したから解除できたのよ。たいがい、術式さえ解読できれば、時間はかかるかもしれないけど解除することができる。その扉にかけられた封印も、おそらく解呪の要領で可能だと思う」

「そうか、助かる」

「だけどそうね、その母親の呪いを解くのは少し厄介《やっかい》ね」

「どうしてだ？」

「それは人が生み出した魔術や呪いじゃなくて、魔物が付与《ふよ》した呪いよ。魔物の呪いには魔術を使う時に必要な決まった術式なんていうのはないの。つまり――」

「正真正銘《しょうしんしょうめい》の呪い、じゃな」

レヴィアの答えに、ソフィアは嬉《うれ》しそうな顔をして、今度はレヴィアの頭を撫でる。

「ええ、そうよ。賢《かしこ》い子ね。好きよ、あなた。愛《め》でてあげる」

「うわ……」

それを見てセリナは思わず引いてしまう。その反応を見とがめられ、ソフィアから鋭い眼差《まなざ》しを向けられる。

そしてソフィアは咳払《せきばら》いをする。

「コホン。だけどその母親については、どんな魔物に、どんな呪いをかけられたのかを把握《はあく》して、それを解呪するのに必要な薬を調合すればたぶん可能よ」

「薬を……？」

「ええ、そっちの方が早いわ」

「そんなことできるのか？」

「……ソフィアは変態だけど天才だから」

フィーの言葉に、後ろから抱きしめているソフィアはまた嬉しそうに頭を撫でた。

「褒《ほ》めてくれたの？　嬉しいわ、愛でてあげる」

「……褒めてない」

「それじゃあ頼めるか？　依頼金なら――」

「――結構」

ソフィアは右手を前に出して止める。

「可愛いフィーの頼みだし、それに、その母親を想う双子《ふたご》も可愛い子なのでしょ？　だったらいいわよ、愛でさせてくれればお金は取らないわ」

「愛でさせるとは言ってないのだが……まあ、受けてくれるならいい。ありがとう」

後でサナとルナには謝っておこう。エギルはそう思い彼女に感謝を伝えると、すぐにでも出発してくれることになった。支度《したく》をしているソフィアにエギルは世間《せけん》話をする。

「そういえば、ソフィアも冒険者なのか？」

「私？　ええ、そうよ。まあ、この街の連中みたいにどこへも旅しない冒険者もそう呼べるならね」

「そういえば、俺はここが王国になってから初めて来たんだが、昔からこうなのか？」

「こう、とは？」

「ここは冒険者が作った王国で、住民たちも冒険者が多いと聞いていたんだが、俺にはここの連中が現役の冒険者には見えなくてな」

「冒険者らしくない、ってことね？」

「ああ、そうだ」

「そうね、ここの冒険者連中は昔からこうよ。見た感じ、あんたがこの子たちとそこの無駄に胸ばかり大きい女たちのリーダーっぽいけど、こういう冒険者だけの王国に来るのは初めて？」

「ちょ、胸ばっかかって！」

セリナが反発すると、ソフィアは鼻で笑う。

「本当のことじゃない」

「そんなこと言ったら、フィーだって大きいわよ」

「……え」

ソフィアは固まると、両手はフィーの胸元へとゆっくりと伸びていく。だが、その手をフィーははたいた。

「触ったら嫌いになる」

「……ごめん。まあ、フィーの胸が大きくなるわけないわよね。あんな脂肪《しぼう》だらけになるわけないわ。ええ、そうよ」

勝手に決めつけるソフィア。だがエギルは、確かにフィーの胸は小さくはないと思いながらも、脱線してしまった話を戻す。

「ところで、俺はこれまで冒険者が作った王国に行ったことはないんだ」

「やっぱりね」

そう言ってソフィアは言葉を続ける。

「ここへ来た冒険者はみんな、最初は『頑張るぞ！』って感じだったわ。だけどいつからか、この街の体《てい》たらくっぷりに染まって、冒険をしなくなったわね」

「冒険をしなくなった、か……それじゃあまるで、普通に暮らす連中と変わらないな」

「冒険者がさして多くなければ『他に仕事がないから冒険者として頑張ろう』ってなるけど、全員が冒険者であれば『クエストを受ける以外にも働き口があるから他の仕事をしよう』ってなるのよね。名前だけは冒険者だけど、本当の冒険者じゃないわね。――それに、ここは働かなくても稼げるから」

「働かなくても稼げる？」

その言葉を不思議に思って問いかける。

「ええ、この国では優秀な冒険者は何もしなくても金が入ってくるのよ。だから冒険者として一旗揚《ひとはたあ》げようって思う人は絶対にここへ来ては――いいえ、冒険者だけが暮らす国に行っては駄目なのよ」

「なぜ何もしなくても金が入るんだ？」

「冒険者には冒険者の等級がある。それは知ってるでしょ？」

「……ああ。冒険者ランクだな」

「そうよ。ここへ来た冒険者は、最初に格付けされるの。そしてその格付けで、クエストをこなさなくても一定額の報酬が貰えるのよ」

「昼間から酒を飲んでいた連中はランクが高いってことか？」

「ええ、その通りよ。私の家に来るまでに、この街で暮らす冒険者を見てきたでしょ？　あのやる気のない連中。彼らは、高ランクの冒険者よ。一方、朝からクエストへ向かってる連中はランクの低い冒険者よ」

何もせずに報酬が貰えるならわざわざ働く必要はない。だが冒険者ランクが高いからって報酬が貰えるってのはおかしな話だ。

「……強い冒険者を集めて、戦争でも起こそうとしてるのか？」

実力のある冒険者を手元に置きたいから報酬を渡している。それぐらいしか想像できない。しかし、戦争を仕掛けるつもりなら集めるべきは冒険者ではなく兵士だ。そんな馬鹿《ばか》げた質問を、ソフィアは鼻で笑った。

「さあね。私にはこの街を仕切っている連中の考えはわからないわ。だけど——高ランクの冒険者は時々、あのお城に呼ばれてるみたいよ？　そしてみんなずいぶんと腑《ふ》抜《ぬ》けた顔して戻ってくるわね」

「……腑抜けた？」

「——エギル様」

ふいに、ずっと静かにしていたエレノアに呼ばれた。その表情はどこか真剣だった。

「この街へ入る時に、入り口の門兵に冒険者カードを確認されたのは、この街に入ることのできる者かどうかを確認するためではなかったのではないでしょうか？」

「えっ、エレノア、それどういうこと？」

セリナは不思議そうに尋ねる。

「……俺のランクを確認して、誰かに報告されたか？」

「かもしれませんね」

「あんた、ランクは？」

ソフィアに問われ、エギルは「Sランクだ」と答えると、ソフィアは苦虫を噛《か》んだような表情をする。

「これは少し、嫌な予感がするわね……」

「嫌な予感？」

「ええ、おそらくこの街は高ランクの冒険者を手中にしようとしてるのよ。理由はわからないけど。外から来た冒険者のランクは当然、知りたいところだわ。ねえ、他のみんなは確認されたの？」

「いや、俺が代表で見せて、そのまま通してくれたな」

「そう。当たりね」

ソフィアは膝の上に乗せたフィーを横に座らせて、エギルをジッと見つめる。

「通常、このクロネリア・ユースに入る冒険者に対しては、必ずそのカードを一人一人確認するわ。代表だけなんて有り得ない。だけどあんたのランクを確認して――不要だと思ったのかもしれないわね」

「つまり、この街を仕切ってる奴が俺に接触してくる可能性があるってことか？」

「可能性、じゃなくて、確実に接触してくるわよ。あんた一人か、あんたたち全員にね」

エギルはその言葉を聞いて立ち上がる。

理由はわからないが嫌な予感がした。なにせここは、エギルにとって嫌な思い出が詰まった場所なのだから。

ソフィアの話からすると、このクロネリア・ユースの長《おさ》――つまりは高ランク冒険者を探してる者は、ここにいるエギルたち五人だけではなく、サナやルナ、それに華耶やシロエやクロエに接触してくる可能性がある。

そして、宿屋にいる彼女たちはまだこのことを知らない。もしかしたら、もう接触しているかもしれない。

そうなれば華耶たちだけでは対処できないだろうから、なんとか接触は阻止《そし》したい。そう思って立ち上がったエギルだったが、ソフィアは落ち着いた様子で止めた。

「すぐに動かない方がいいかもしれないわよ。むしろ、今動く方が危険かもね」

「……それはどういうことだ？」

「ねえ、フィー。あんたたちが来たのは徒歩？　それとも馬車？」

「……全員同じ馬車でよ」

「そう。だったらあんたの顔だけ見られた可能性が高いわね」

「他のみんなは見られてないから、俺といなければ何もされないってことか？」

そう問いかけると、ソフィアは頷いた。

たしかに、馬車から顔を出して、冒険者カードを提示したのはエギルだけ。他の者たちは顔を見られていないし、人数すら確認されなかった。

宿屋で別れた時も、誰かの視線を感じることはなかった。

目撃されているとすれば、この屋敷へ向かっている途中か。であれば、この場にいない華耶たちは見られていない可能性は高い。

エギルは腰を下ろし、ため息をつく。

「だったらどうしたらいい？　いや、その前に、ソフィアはこのクロネリア・ユースを仕切ってる奴を知ってるのか？」

「名前しか知らないわ。顔は見たことがないの。まあ、王国で言えば王様みたいなもんだからね。私自身、そいつと会いたいなんて思ったことも一度もないけど」

ソフィアは苦笑いを浮かべる。そして腕を組むと、エレノアたちを見る。

「それより、残りの連中はあんた以外の奴が連れてくればいいんじゃない？　そしたら、あんたが外に出て目を付けられる心配もないわけだしね」

「……それはそうだが、いいのか？　厄介事に巻き込まれるかもしれないんだぞ？」

もしかしたら迷惑をかけるかもしれない。いきなり押しかけられて強引に勧誘されるわけではないと思うが、それでも、ここに面倒な奴が来る可能性はある。

人を寄せつけないような屋敷に住んでいるのだ。ソフィアは、人と馴《な》れ合うのを嫌うタイプだろう。

少し心配になり、聞いてみると、彼女はため息をつく。

「別にいいわよ。どうせあんたらの頼みを聞くとなれば、いずれそういう、面倒事に巻き込まれることはわかっていたから。あとで他の可愛い子たちも愛でさせてくれればね」

「……エギル、ソフィアは何よりも小さい女の子を愛でるのが好きだから、気にしないで巻き込んでいいよ」

「そうそう、こうしたいだけだからね」

またフィーを抱き上げて膝に乗せたソフィアはそう言いながら彼女の頭を撫でる。フィーの表情はすこぶる不満げだが、そんなことにはお構いなしといった感じだ。

とその時、ずっと黙っていたエレノアとセリナは立ち上がる。

「それでは、わたくしたちはみなさんを連れてきますね」

「だからエギルさんは、ここで待っててください」

「すまないな、二人とも。フィーは……」

エギルはフィーに視線を向けるが、彼女は現在進行形で愛でられてる。

その視線に気づいたフィーは、ソフィアの膝から立ち上がり、

「わたしも行く。だからソフィア、放して」

そう言われたソフィアは、悲しそうな表情をしながらため息をつくと、

「はいはい。それじゃあ、こっちの【のじゃっ娘《こ》】を……」

と、ソフィアがレヴィアに標的を変更するも、

「我も一緒に行こうかのう。身の危険を感じるから」

レヴィアはさっさと、エレノアのもとへと走っていく。

「なによ、じゃあ私はこの男と二人っきりなわけ？」

「……そう、二人。じゃあ、行ってくるね」

はいはい、行ってらっしゃいとソフィアはどこか投げやりだ。エギルは四人にすまないなと伝えると、エレノアが耳元で、

「……ソフィアさん、可愛い顔してますけど、変なことをしてはいけませんよ？」

そう言ってクスクスと笑った。その表情は、どこか何かしろと言わんばかりの期待に満ちた笑顔だった。

「するわけないだろ。みんなに動いてもらってるというのに」

「あらあら、残念ですね。では行ってきます」

喜んでるのか、残念なのか、結局のところわからないまま、エレノアは頭を下げて、他のみんなと共に屋敷を外へ出て行く。

突然、屋敷は静寂《せいじゃく》に包まれる。

「ねえ」

すると、ソフィアに声をかけられた。

「なんだ？」

「あんたらって、どういう関係なの？　男一人に美少女と胸の大きい女たち。羨《うらや》ま……じゃなくて、おかしいわよね？」

「……羨ましいって言おうとしたよな？」

「……そんなわけないじゃない。それで、どうなのよ？」

「どうと聞かれてもな。まあ」

「好きなの？」

そう問われて、エギルは即答する。

「ああ」

「あの、のじゃっ娘も？」

「いや、レヴィアはちょっと違うな」

「やっぱり。なんか、あの子だけ他の子と雰囲気が違っていたものね」

「……それは、他の彼女たちみたいに俺を見ていない、仲間ではないと思ったからか？」

「そんなところかしらね」

エレノアやセリナ、それにフィーがエギルを見る目は、大切な存在を見る目。

けれど、レヴィアがエギルに向ける目は彼女たちとは違う。それはエギルも理解している。

「あの子は、なにかしらね？」

すると、ソフィアに不思議な質問をされた。

「わかってるから聞いたんじゃないのか？」

「別に、わかってるわけじゃないわ。ただ、不思議な感じ……少し裏が読めない、そんな感じよ。ごめん、変なことを聞いたわね。忘れて」

そう告げたソフィアは、近くに置いてあった書物を手に取り視線を落とす。

彼女の言葉が頭から離れないが、ただ一つ言えることがある。

「今のレヴィアは仲間だ……それは間違いない」

エギルの声が届いていないのか、ソフィアから返事が来ることはなかった。

エギルは、ここにはいない彼女たちのことを考えながら、その帰りを待つことにした。

◆

「……いない」

エレノアたち四人は宿屋へ戻っていた。

エギルたちが泊まる予定だった部屋には、本来いるはずのサナとルナ、それに華耶やシロエとクロエの姿はなかった。

「出かけたんだよね？」

セリナは部屋の中を見ながら困惑《こんわく》する。

「……何も知らせずに？」

「宿屋で待ってるって言っておったはずじゃがな」

別にここでずっと待っていなければいけないわけではない。ちょっと街中《まちなか》を見て回っている
だけということもあり得る。だが、エレノアたちは心配せずにはいられなかった。

「ねえ、もしかしてだけど、エギルさんとみんなが一緒にいるところを見られていて……この
場所を特定されたってことはないよね？」

「セリナ、それはないと思います。ですが誰もいないというのは少し……」

部屋に置き手紙らしきモノはない。

――みんなで少し街を見てくる。

といった言伝《ことづ》てがあれば問題なかったのだが。エレノアはそう思い、

「街の中を捜しましょう」

と三人に伝える。

ここに止《とど》まっていても仕方ない。エレノアたちは宿屋を出る。

どこかのんびりした雰囲気の街中を、四人は駆けて行く。

あちこち走り回り、次第《しだい》に額《ひたい》や背中に汗《あせ》が流れる。その汗は走ったからなのか、それとも、
華耶たちが見つからない不安からなのか、それはわからない。

エレノアは、大通りを走りながら三人に伝える。

「ここからは手分けして捜しましょう。その方が早いですので」

エレノアの案に、みなが頷き、それぞれ違う道を行く。

そして一人になったエレノアは辺りを見渡す。

「一体どこへ……」

捜しても捜しても、どこにもいない。

額の汗を拭《ぬぐ》い、走りにくいドレスの裾《すそ》を摑んで、ただひたすらにみんなを捜す。

──そんな時だった。

「どなたかお捜しで？」

ちょうど商業エリアの中央にある噴水《ふんすい》の前で、ふいに声をかけられた。

エレノアが振り返ると、その声の主はにっこりと笑顔をこちらへ向けていた。

存在感のある金色の巻き髪を胸元まで垂らし、質の良さそうな色鮮やかなドレスを身に纏《まと》って、お洒落《しゃれ》なチョーカーを首に付けている。華《はな》やかで高貴な身分の女性。

そんな印象の彼女の笑顔に、どこか違和感を覚えたエレノアは、

「いえ、なんでもないんです」

と、足早に立ち去ろうとした。だが、

「──エレノア・カーフォン・ルンデ・コーネリア第三王女様。……ああ、元第三王女で、今

は奴隷でしたね」

「あなたは……」

「彼に飼われてるのでしょ？　元気？　エギル・ヴォルツは」

誰かなんて、聞かなくてもわかった。

――メイド服は着ていない。だが首元にちらりと覗《のぞ》くチョーカーは奴隷具だとわかった。

奴隷具を付け、エギルを知っていて、この場所にいる。そんな女性を、エレノアは一人しか思いつかなかった。

「ルディアナ・モリシュエさん、ですか……どうしてあなたがここに」

「まあ、わたくしごときの名前を元王女様がご存知とは、光栄ですこと」

「ええ、エギル様が教えてくださいましたから」

そう告げた瞬間、彼女から笑みが消えた。

「彼が……そう。エギルが教えたのですか？　あなたに」

「……」

「彼はわたくしのことを話さないと思ったのですけど……そうですか。あなたが、わたくしの計画の邪魔をし、彼を悪い方向に行かせてしまったのですね」

「……計画、ですか？」

「ええ、計画。彼を理想の男にするね」

エギルによると、ルディアナ・モリシュエという女性は、大人しい雰囲気で、優しくて笑顔が可愛くて、守ってあげたくなるような、男女共に好かれる女性だという。

だけど目の前の金色の髪の女性の印象は、エギルから聞いていたのとは大きく違った。

派手《はで》な服や立ち振る舞いを好み、どこか裏がありそうな笑顔を浮かべ――男が惹《ひ》かれる容姿だが、同性としては好感をもてない。

彼女は頬に手を当て、クスクスと笑いだす。

――本当に同一人物なのか？

そう思ったエレノアはそのまま質問する。

「あなたは本当にルディアナさんなのですか……？」

一瞬、笑顔が崩《くず》れたように見えたが、彼女は先程までと変わらぬ笑みを浮かべて言い返してくる。

「……何が言いたいのかしら。疑うのでしたら、お話ししましょうか？　あなたが知らない昔の彼のことを」

「いいえ、結構です。あなたとエギル様が過ごした過去に興味はありません。それに、エギル様からあなたが何をしたのかは聞いております。エギル様を魔物の群れの中に突き落とした……それがなんの計画と言うのですか？」

「うふふふっ……。わたくしだって、好きで突き落としたわけではないですよ？」

「……では、なぜ突き落としたのですか？」

「彼ならあの状況でも生きられると思ったから、そうしたまでですよ？」

「……突き落としても、エギル様なら生きていられると、確信していたというのですか？」

「はい、その通りです」

一切悪びれる様子もなく、ルディアナは聖女が祈るように目の前で両手を組むと、言葉を続けた。

「あなたはまだ出会って間もないから知らないかもしれませんが、彼──エギルは、とても弱い男なのですよ」

あたかもエレノアの知らないエギルを自分はずっと見てきた──エレノアの知らないエギルを自分は知っている──そう言いたげな口ぶりだった。

「臆病《おくびょう》で、力がなくて……だけど大切な者のためなら、彼はどこまでも強くなれる。あなただって、それぐらいは知ってるでしょ？」

「……ええ、知っておりますよ。だけどそれが──」

「だから試練を与えたのです。エギルを魔物の群れの中に突き落として、もっと強くなってからわたくしを追ってくれるように、ねえ？」

ニッコリと微笑むルディアナ。

エレノアは理解はしたくなかったが、わかってしまった。

「まさか、エギル様を突き放すことが、エギル様を成長させると本気で思っているのですか？」

「あはっ……あははっ」

その質問に、ルディアナは嬉しそうに笑った。

頬を赤く染めた彼女の表情は、悪魔のようだった。

こんな女のために、エギルはずっと苦しんできたのか。エレノアは思わず彼女を睨みつけていた。

「……腐ってますね」

そう吐き捨てたが、ルディアナには何も響かない。

「腐ってる？　わたくしが？　ふふっ……何をおっしゃいますか。これはわたくしの愛情ですよ？」

「愛情……？　そんな歪《ゆが》んだ愛情、あるわけないです」

「ありますよ。現にここにあるでしょう？　わたくしと出会った頃の彼は弱々しいただの少年。二人の兄の後ろに隠れ、わたくしに会う時だけ強く見せようとする、何の魅力も感じられないような弱い子供。——だからわたくしは、強くなってほしいと願い、幼い彼を突き放したのです。それが最初でしたね」

彼女は自分に酔った役者のように身振り手振りを交えながら話を続ける。

「そしたらなんてことでしょう。一度突き放しただけで、次に会った時には、彼は見違えるほど素敵《すてき》な男性になってました。だからその時に実感したのですよ……彼を再び突き落とせば、さらに成長できるのではないかと」

ルディアナが最初に突き放したというのは、エギルが少年だった頃――つまりは、初めて彼が恋をした頃のことを言っているのだろう。

その後まもなく、エギルの前から突然、ルディアナは姿を消した。

エギルが彼女と再会したのは、エギルが冒険者として頭角を現し始めた頃だった。

「……あなたの言う通り、あなたに突き放されたことでエギル様は強くなれたかもしれません――ですが、そんなのは本当の強さではありません。あなたへ想いを寄せていた頃よりも、わたくしたちと一緒にいて、わたくしたちを守りたいと思ってくださる今のエギル様の方が身も心も強くなってます」

「幼い頃のエギルを知らないあなたが知ったような口を……。残念ながら、あなたの考えは間違ってますよ？　彼は裏切られても、今でもわたくしを愛してますからね」

「そんなはずありません」

エレノアは即答した。それに、ルディアナは眉をピクッと動かす。同時に笑顔を消し、エレノアを睨む。

「では、わたくしの前にエギルを連れて来てください」

その自信満々な発言に、エレノアは唾《つば》を呑《の》む。

「傷つけたあなたのもとに、エギル様が戻るとでも……?」

「ええ、戻ります。必ず。だって彼に植えつけたわたくしへの愛情は、あなたたちの数カ月の愛情とは比べものにならないほど年数を重ねてますから。突き放されても、裏切られても、彼は、わたくしの言葉を信じてくれますよ。だって——」

——わたくしにはそれができるのだもの。

金色の髪に手を触れながら話すルディアナの言葉に耳を傾けているのが辛《つら》い。どこからその自信が出てくるのかわからない。どんなに上手《うま》い言葉で言いくるめるにしても、それは不可能に違いない。

だったら何か他に理由があるのではないか。

そう思ったエレノアは、髪を指でとくルディアナを改めて見る。

そして、彼女との会話の中では感じなかった違和感に気づいて、咄嗟《とっさ》に後ろへ下がった。

「……何かの職業、ですか」

うっすらと嗅覚《きゅうかく》を刺激する甘い香り。香水とも果実とも違う芳香《ほうこう》が、風に乗ってエレノアへと届いた。

エレノアの反応に、ルディアナはにっこりと微笑む。

「素敵な香りでしょ?」

ふわっとした香りは、ルディアナが手を払うと一瞬にして消えた。

ルディアナの余裕ありげな言葉にエレノアは顔を歪める。

「……その香りでエギル様を魅了させた、ということですか？」

エレノアの質問に、ルディアナはクスッと笑う。

「ええ、エギルはこの匂いをずーっとわたくしの側《そば》で堪能《たんのう》していました。それはもう、麻薬のように……この意味がおわかり？」

「どんなに憎《にく》んでいたとしても、エギル様があなたのもとへ戻る……あなたの自信は、その手品があるからなのですね」

「手品……どうでしょう。魅力、と言ってほしいですね」

まるで自分の生まれ持った才能だと言わんばかりのルディアナから目を逸《そ》らすように、エレノアは俯《うつむ》いた。

――ふざけるな。

エレノアは拳《こぶし》をギュッと握り、再びルディアナに視線を向けると、彼女を強く睨みつけながら怒鳴る。

「ふざけないでっ！　エギル様があなたへ向ける感情は、本物の愛情じゃない。職業の力で生み出された、偽《いつわ》りの愛情ですっ！　そんな偽者《にせもの》にエギル様がもう騙《だま》されるわけがありません」

「――だったら、試してみたらどうです？」

彼女の表情は自信に満ち溢れているようだった。

「エギルにお伝えください。わたくしはあなたとの思い出のお城で待ってます、とね」

「……」

「もし、わたくしへの愛情が偽物で、あなたたちへの愛情が真実だという自信があるのなら、わたくしのもとへ彼を連れて来てくださいますよね？」

エレノアに視線を向けたルディアナは、勝ち誇ったような笑みを浮かべながら最後に伝える。

「できますよね？　たった数カ月の愛情で勝てるのなら、ねぇ？」

ルディアナは踵《きびす》を返して歩き出し、ゆっくりと遠ざかっていく。

たった数カ月かもしれないが、エギルとエレノアたちの本気の愛を馬鹿にされ、エレノアは殺してやりたいほどの屈辱《くつじょく》を覚えた。だが手は出さなかった。それはエレノア自身が、エギルを信じているからだった。

エギルが自分たちよりもあの女を選ぶわけがない。

あんな手品で、エギルが自分たちのもとを離れていくわけがない。

大丈夫。大丈夫だから、怯《ひる》まず、あの女の前にエギルと共に行こう。そしてそこで、エギルの過去を清算しよう――いつかの自分のように。

苦しんだとしても、自分たちが側で支えれば大丈夫。大丈夫。大丈夫、だから。

そう、エレノアは思った。

だけど時間が経《た》てば経つほど、エレノアは疑心暗鬼《ぎしんあんき》になった。

職業の力は絶対だ。他者を魅了できる彼女の職業の力。エギルは長い年月、彼女の側でその誘惑の香りを嗅《か》いでしまっていたのだ。もしかしたら、彼の意思とは関係なく、離れてしまうのではないか。

もしそうなれば、自分も、他のみんなも、どうなってしまうかわからない。

愛する人を信じたい――だけど怖い。

エレノアも、セリナも、他のみんなだって苦しんで苦しんで、やっと幸せや安らぎをエギルと共に手に入れた。だけどその幸せは、エギルが消えてしまったら全《すべ》てなくなってしまう。

信じてる。絶対に大丈夫。そう思ってるのに、不安が残る。

「――エレノア!?」

そんな時だった、背中からセリナの声がしたのは。

振り返るとセリナだけでなく、フィーやレヴィアもこちらへ走ってくる。そして側にセリナが来ると、彼女は驚いていた。

「ど、どうしたの？　なんでエレノア、泣いてるの？」

「え？」

最初はセリナの言葉の意味が理解できなかった。しかし、頬に手を触れると、自分が涙を流しているのがわかった。

「どう、して……」

訳もわからず涙が溢れる。だけど泣いている理由が怒りではなく不安だと気づくと、エレノアはその姿をみんなに見られないように両手で顔を隠す。

「ごめん、なさい……ごめんなさい、ごめんなさい」

エレノアはひたすら謝った。

セリナに、フィーに、ここにはいない華耶とサナとルナとクロエとシロエ——そして疑ってしまったエギルに。

もう大切な人を失いたくない。

奴隷となったあの日、家族も、友人も、何もかもエレノアは失った。それはエレノアだけでなく他のみんなも同じだ。

心の支柱であるエギル。信じていても、少しでも彼を失う可能性を考えたら、心が押し潰《つぶ》されそうなほど不安になって泣いてしまった。

そんなエレノアを、セリナは優しく抱きしめる。

「……大丈夫。理由はわからないけど、大丈夫だから。私たちが側にいるから」

エレノアは、涙を堪《こら》えてセリナたちに伝える。

「実は……」

ルディアナと会って何を話したのか、それを三人に伝えた。

商業エリアのお店で、華耶と、サナとルナ、クロエとシロエを見つけたエレノアたちは、五人を伴《ともな》って、ソフィアの屋敷に戻ってきた。華耶たちが宿屋にいなかったのは、サナとルナの気分転換にと、外に出かけていたからに過ぎなかった。

「いやー、すっごく美味《おい》しかった。ねえ、華耶さん」

「ええ、本当ね」

「今度は、みんなで食べたい、です」

サナやルナ、それに華耶とクロエとシロエは、どこかで食事をしてきたのであろう、屋敷に入るなり料理の話に花を咲かせていた。普段より明るく振る舞っているのは、エレノアたちの異変に気づき、少しでも場を明るくしようと思ってだった。

エレノアやセリナ、それにフィーは、華耶たちの話に愛想笑いを浮かべて相槌《あいづち》を打つような素振りを見せてはいたものの、時折どこか遠くを眺《なが》めていた。そしてレヴィアも黙ったまま。

エギルもこの妙な空気に気づいた。

「どうかしたのか？」

エレノアに問いかけると、彼女はぎこちない笑顔をエギルに向ける。

「いえ、なんでもありません」

◆

その様子から何かあったのだろうとわかる。だけどエレノアはそれ以上何も言おうとしない。

なのでエギルは「そうか」と答えるしかなかった。

「んで、あんたらどうすんの？　もう戻るわけ？」

書物をパタンと閉じたソフィアにそう聞かれ、エギルは少し悩む。

厄介事に巻き込まれる可能性が高いのであれば、すぐにでも戻ったほうがいい。ここへ来た目的は果たせたのだから、これ以上邪魔をするつもりはない。

だが、

「それを今、みなさんで決めたいです」

いつもならみんなの反応を見て、それぞれの意思を尊重しながら物事を決めようとするエレノアが、誰よりも早く自分の意見を口にした。

「できれば、明日がいいのです」

「明日……？」

エレノアはエギルから視線を避け、答える。

「……明日がいいのです」

その様子に違和感があった。それにセリナやフィーも、俯いたまま顔を上げようとしない。だけど華耶たちを呼びに行ったときに何かあった。言葉にしないがおそらくそうなのだろう。どこではは聞けそうにない。それはエレノアのことをよく知るエギルだからこそわかった。

「みんなは、どうだろうか？」

華耶たちは全てを察し、真剣な表情で頷いた。

そしてセリナやフィーも大きく頷き、賛同していた。

なのでエギルは、エレノアに笑顔を向け、頷いた。

「ああ、わかったよ。それじゃあ明日、みんなで出発しよう」

その言葉に、エレノアは無言で頷いた。抱きしめたくなるほど弱々しい表情の理由は、きっとこの後、教えてくれるだろう。

ソフィアは壁に背を預けながらエギルを見る。

「んじゃ、今日はどうするわけ？　宿屋に泊まる？　ここは無理よ。本を置く場所はあっても、あんたら全員を置くスペースはないもの」

「宿屋に戻るかな。また明日、ここへ来させてもらう」

「そっ、わかったわ。んじゃ、フィーとのじゃロリちゃんと——あとそこの四人以外は帰っていいわよ」

「ん、あたしら？」

首を傾げたのはサナとルナ、それにシロエとクロエ。いかにもソフィアが好みそうな子供たちだ。

愛でたいのだろう。それに対してセリナは、

「……そうね。じゃあお願いしようかな」

と、珍《めず》しく妹の心配をする様子もなく答える。

「まあ、それがよかろう。エギルよ、我らはここで明日、お主らを待つことにするのじゃ」

「そ、そうか……」

随分《ずいぶん》と素直だ。

「お姉ちゃんも一緒じゃないの？」

「もちろん、お姉ちゃんも一緒でしょう？」

シロエとクロエが一緒がいいとせがむが、セリナは二人の頭を撫でながら、

「ごめんね、今日だけはお姉ちゃん、一緒じゃないの」

「え、なんで？」

「ごめんね。今日だけは、二人と離れてやらないといけないことがあるから」

その口ぶりは、どうしてもここに二人を置いておきたいようだった。

ソフィアがロリコンだと知っているセリナ。妹思いの彼女が、この決断をするのは少し変な気がした。

それもきっと、エレノアの様子がおかしいのと関係しているのだろう。

いつもの優しい姉と違った雰囲気を感じたのか、クロエとシロエは頷いた。

その光景を見ていた華耶も、先程までの笑顔は消え、どこか難しい表情をしていた。

表には出さないが、微かに感じる重い空気。だが、

「ほら、二人ともここに座りなさい？」

いつの間にか近くに座っていたソフィアが、サナとルナに視線を向けながら膝を叩く。

「え、そこって、ソフィアさんの膝の上だけど……？」

「そうよ」

「そうよって……」

「えっと……」

二人の視線がフィーに向く。それを受け、彼女は無表情のまま頷いた。

「問題ない。行って」

「「え……」」

まるで背中を押すようなフィーの言葉を受け、サナとルナはゆっくりとソフィアのもとまで近寄る。

「──捕まえた」

ソフィアに背中から抱きつかれる二人。

「ちょ、な、なに!?　なんなの!?　フィーさん！　これどういうこと!?」

「く、くすぐったいです、頬擦《ほおず》りダメです！」

二人に視線を向けられたフィーは腕を組み、何度か頷く。

「……止《や》むを得ない犠牲《ぎせい》だから」

そう、自分の身を守るために二人を身代わりにしたフィー。

「フィーさん、騙したな!?　ちょ、お腹《なか》を撫でないで！」

「や、やめて、ください！」

「ああ、いいわ、このサイズ。ずっと愛でていたい……ほら、暴れないの」

熱い抱擁《ほうよう》をするソフィアと、逃げようと暴れるサナとルナ。

その様子を見て、少しだけ場が明るくなると、ふとレヴィアが小さな声でエギルを呼ぶ。

「エギルよ」

「……どうした」

いつもとは違う彼女の真剣な表情に、思わずエギルも釣られて小さな声で返事をする。

「お主は、彼女らのことが好きなのか？」

「……唐突《とうとつ》だな。そうだが、どうした？」

「いいや。ただ、問うておきたかったのじゃ。……その気持ち、忘れるでないぞ」

それだけを伝えると、彼女はエギルに背を向けてすたすたと歩き、自《みずか》らソフィアに捕まった。

——ああ、やっぱりおかしい。

嫌な予感しかしない現状に、エギルの気持ちが沈み込む。

外観が変わり活気があっても、ここはやはりエギルの嫌いな場所だった。ここへ来るまではエレノアもセリナも、フィーやレヴィアも明るかった。なのに、みんな暗い気持ちに蝕《むしば》まれてしまったようだ。

早く帰りたい。こんな街、すぐにでも離れたい。

エギルは明日、何事もなく出発できることを願いながら、エレノアやセリナ、華耶と共に宿屋へと向かった。

◆

——コンコン。

夜だというのに窓の外が少し明るく、どこか騒がしく感じる。近所の店や近くの部屋で酒を呑《の》んで騒いでいる連中がいるせいだろう。

そんな宿屋の一室で、一人くつろいでいると扉がノックされた。

「入ってくれ」

ノックの前に聞こえてきた足音から察するに三人。きっと彼女たちだろう。

開いた扉から顔を覗かせたエレノアが恐る恐るエギルに声をかける。

「少し、よろしいでしょうか?」

その後ろにはセリナと華耶もいる。エギルはベッドから半身を起こし、

「ああ。外の風に当たりたい。すぐ近くに噴水公園があるってソフィアが言っていた。そこに行くか？」

「……はい」

エレノアがそう答えると、後ろに控《ひか》えていた二人も頷く。四人は宿屋を出て、商業エリアの中央にある、噴水のある公園へとやってきた。

先程までの騒々《そうぞう》しい場所とは違い、公園内は静かな雰囲気に包まれている。見上げれば星空が輝き、広々とした芝生《しばふ》の広場の中央に噴水があって、周囲を涼しくさせている。

「ここら辺に座るか」

周りには誰もおらず、ここにいるのはエギルたち四人だけだ。

エギルは、ずっと黙ってついて来た三人と共に芝生の上に座る。

エギルを挟《はさ》むようにエレノアとセリナが座り、彼の前に華耶が腰を下ろす。

三人とも俯いたまま、静かな時が流れる。その流れを断ち切るように、エレノアは噴水に目を向けながら震える声を発した。

「――ルディアナさんと、お会いしました」

思いがけない言葉に、エギルは返事ができず固まってしまった。

だけどすぐに、悲しそうに声を漏らす。

「そうか」

「彼女が、初恋の相手なのですね」

「……そうなるな」

「どこが好きだったのですか？」

「どこが、か。そうだな、今はもう思い出せない」

気を遣《つか》って言ったのではなく、本当に思い出せないのだ。

エレノアやセリナたちと出会ってからは、どうして彼女を好きだったのか思い出せない。どんなところが好きだったのか。なぜ追いかけてたのか、まるで覚えていない。

「忘れたかったからとか、年数が経ったからとかなのかな……」

苦笑いを浮かべながら答えた。すると、エレノアがエギルに伝える。

「彼女のどこが好きだったかなんて……もう、思い出さないでください」

「え？」

エレノアが瞳《ひとみ》を潤《うる》ませながらそう発したあと、セリナと華耶も少し顔を俯かせながら言った。

「彼女のことはもう忘れてください。エギルさんには私たちがいるんです」

「エレノアから聞いたわ……私も、エギルさんにはもう忘れてほしい」

エレノアが二人に話したのだろう。かつてエギルとルディアナの間に何があったのか、そして、ルディアナがどんな女性だったのか。それを知った彼女たちはエギルに過去のことは忘れ、自分たちと一緒に未来を歩んでほしいと願ってくれている。それが嬉しくて、エギルは三人に

笑顔を向けながら、

「ああ、そうだな」

そう応じた。すると、エレノアに手を握られた。

「だからお願いです。わたくしたちを好きだと、そう言ってください。……もう、彼女との記憶なんて消して、わたくしたちだけを、見てください。……お願い、します」

その震え声は、静かなこの場所でないと聞こえないほど小さかった。

「なにか、あったのか……？」

問いかけると、

「……彼女は、悪魔です。エギル様を弄《もてあそ》んだ、悪魔です」

エレノアの言葉には棘《とげ》があった。だけど、何があったのかは口にしようとせず、俯いたまま顔も見せない。

「エレノア」

顔を見たかった。エレノアがどんな表情をして、どうしてそんなことを言うのか、はっきりと知りたかった。

だけど覗き込むように彼女の顔を見ようとすると、エレノアはそっぽを向く。

「今のわたくしは、見ないでほしいです」

「……どうしてだ？」

「人のことを悪く言ってるわたくしの顔は、見られたくないのです。イヤ、なのです。だから顔は――」

そう言われても、声が震えているから心配になってしまう。だからエギルは、彼女の顎《あご》に手を添え、振り向かせた。彼女の瞳からは、うっすらと涙が流れていた。

「見ないでほしいと、そう、言ったではないですか」

「心配なんだよ。エレノアも、セリナも、華耶も、他のみんなも俺の大切な存在だ。悲しそうにしてたら、心配するのは当たり前だ」

エギルがそう言うと、セリナも華耶も涙を流す。そしてエレノアは、首を左右に振った。

「それはわたくしも同じです。エギル様が大切で、心配で、だから……だから、いなくなってしまうのではないか不安なのです」

エレノアの頬へ手を伸ばすと少し冷たかった。

「わたくしたちにとって、エギル様は太陽のような存在なのです。ずっとわたくしたちを照らして、ずっとわたくしたちの心を温かくさせる。そうしてくれるから、苦しかった過去を忘れ、幸せだと感じられるのです。だから――彼女に会わせたくないのです。もう、放したくないのです」

「俺があいつと会ったら、離れると思ってるのか？」

心外だ。それはない。みんなの側を離れるなんて有り得ない。エギルはエレノア自身がそれ

を信じていることを知っている。

「わかりません」

だが、エレノアははっきりと否定しない。そう思う理由があるのだろう。だからセリナや華耶、そして屋敷にいるフィーもずっと暗い表情をしていたのだろう。

きっと、エギルが何を言っても、何を伝えても、エレノアの不安は消えないだろう。だからエギルは彼女に笑顔を向ける。

「離れない。苦しかった人生を救ってくれたのは、エレノアたちなんだから」

初恋の相手だといっても、それは過去のことだ。今のエギルにとって、ルディアナを好きだった十数年よりも、エレノアたちと過ごした数カ月の方が幸せだとわかる。

「だから言ってくれ。何があったのか」

「それは……」

エレノアは迷っていた。代わりにセリナが口を開く。

「……エレノア、言わないとわからないよ」

「ですが」

「そうね、セリナさんの言う通りだと思うわ。気持ちはわかるけど、話さないと、エギルさんも不安になると思うわ」

二人に言われ、エレノアは少し悩んだ後、ルディアナと出会った時のことをエギルに伝えた。

エレノアの口から聞かされるルディアナの様子は、エギルが記憶する彼女とは全く印象が異なり、まるで別人のようだった。そして、

「――香りで人を魅了、もしくは依存《いぞん》させる職業か」

全てを聞き終えたエギルはすぐに信じることができなかった。けれど、エレノアの話を聞いて、思い当たることがあった。

人を自分に依存させる魅惑《みわく》的な香り。それがきっと、エギルがルディアナをずっと追いかけていた理由だ。知らぬ間にエギルは、その職業の力の虜《とりこ》になっていたのかもしれない。

――偽りの初恋、だったのかもしれない。

そして、全て話し終えたエレノアはエギルに伝える。

「職業の力は絶対です。だからエギル様がもし、また彼女と会ったら、わたくしたちから離れてしまうのではないかと思いました。本当は信じてるのに、信じ切れないのです。怖いのです。エギル様がいなくなったらと考えると苦しくなってしまうのです」

もし再び能力を発動すれば、エギルはルディアナのもとへ行ってしまうかもしれない。そうならない最良の方法は、彼女と会わないように仕向け、エギルがみんなと一緒にこのクロネリア・ユースを出ることだろう。

「……そうだな」

本当ならすぐできたはずだ。だが、エレノアは、そうしなかった。それはきっと、エギルの

ことを信じているからなのだろう。

絶対に離れない――だけど――離れてしまったらと思うと怖い。

エレノアは脅《おび》えてる。きっと、この国を出てもその不安は残り続けるだろう。それは他のみんなも同じだ。だったらエギルがしなくてはいけないのは、ここから逃げることではなく、彼女たちを安心させることだろう。

「会うよ、ルディアナに」

そう答えて立ち上がる。

「じゃないといつになっても、みんなを安心させられないだろ？」

「ですが……」

「大丈夫だ。俺が心から愛してるのはみんなだ。それに、偽りの初恋が能力のモノだったなら、俺の本当の初恋の相手は、エレノアだ」

女性を嫌い、奴隷を嫌っていた。そんなエギルが、もう一度だけ裏切られてもいいから一緒にいたいと思えたのはエレノアの存在があってこそだ。それほど彼女に惹かれたのは自然とエレノアに恋をしたからだろう。彼女と出会えたことで、セリナや、フィーや、華耶とも結ばれた。

彼女たちは自ら進んで苦しい過去と向き合い、終わらせてきた。それなのにエギルだけが過去に囚《とら》われたままだった。それでは彼女たちと対等の立場になれない。

　これはどうしても乗り越えなければいけない、エギルの過去だ。

「向き合うよ、俺も過去と。それに」

　彼女たちの頬に流れる涙を一人ずつ拭い、エギルは笑顔を向ける。

「ちゃんと過去を清算して……それからみんなと、結婚したいしな」

　身を固めるなんて少し前のエギルなら考えもしなかっただろう。だけどいつだったか、エレノアはエギルと幸せな家庭を作りたいと口にしていた。それはセリナたちも同じだろう。

　そんな生活も悪くないと、エギルは思う。

　結婚して、子供ができて。彼女たちとの明るく幸せな家庭。

「もう、みんなを心配させたくないんだ。だから過去はここで断ち切る。そしてみんなで幸せになろう。な？」

　エギルがそう言うのを聞くと、三人は星空よりも明るい、嬉しそうな笑顔を浮かべて何度も頷いた。

「嬉しい、嬉しいです、エギル様」

「はい、私たちみんな、それを望んでいますから」

「そうね。それはきっと、想像するよりずっと幸せな未来になりそうね」

　すぐに結婚は難しいかもしれない。エレノアの姉のこと。サナとルナの両親のこと。神の湖について。やり遂《と》げないといけない、考えないといけないことが沢山《たくさん》あるから、幸せになるにはまだまだ道は遠い。だけどそれぞれが背負っていることを解決できたら、その時はきっと、彼女たちと末永く平和に暮らそう。

そして、四人は明日に備えるため宿屋へと戻っていった。

◆

「エギル様、みなさん待ってますよ?」

「……ああ、ありがとう」

次の日の朝、エギルはベッドの上で目を覚ました。

いつ以来だろうか、こんな不吉な予感のする目覚めは。

ルディアナに突き落とされたあの日もこんな気分だった。

体が重い。ベッドから体を起こしたものの、それ以上動けなかった。

「エギル様……」

扉の前に立ってエレノアは心配そうにこちらを見つめている。

「エギル様……やめますか?」

それはきっと、ルディアナと会うのをやめにするかと訊《き》いているのだろう。エギルは首を横に振る。

「いや、大丈夫だ。全て終わらせよう。手を貸してくれるか?」

右手を前に出すと、エレノアはゆっくりとこちらへ歩いてくる。白く小さな手がエギルの手を包む。

「はい、わたくしたちはずっと側におります。何があってもです」

エレノアに引き寄せられて立ち上がると、少しだけ体が軽くなった。一人では歩けなくても、みんなとなら歩ける、そう思えた。

そしてエギルは歩く。前へ、前へ。皆が待つ部屋へ。

部屋の前でシロエとクロエが立っていた。二人はどこか悲しそうな表情をしていた。

「中に入らないのか?」

そう尋《たず》ねると、二人は首を左右に振る。

「おねえちゃんが、みんなと大切な話があるって」

「でも私たちが入っていいかわからないので遠慮しました」

「そうか。だが、ここにいるくらいなら、一緒にいた方がいいんじゃないか?」

「……だけどおねえちゃん、少し怖かった」

「……お姉ちゃんは、そんな姿を自分たちに見られたくないと思います。昔から、そうでしたから」

「エギル様……」

すると、エレノアはエギルの服の裾を引っ張り小さな声で伝える。

「……セリナは感情をすぐ表に出してしまうタイプですが、怒った顔を二人に見せたくないと言っていました。きっと、セリナはいつまでも二人の優しいお姉ちゃんでありたいのだと思います」

「そうか……」

エレノアがみんなにこれからのこと、ルディアナのことやなんかを説明する。もしかしたら、セリナが怒らずにはいられないことも話に出るかもしれない。そうなればエレノアの言う通り、彼女はいつもの優しい顔をした姉のままではいられないだろう。

クロエとシロエの良い姉でいたい。

二人はセリナの気持ちをわかっているからこそ、部屋へ入らないのだろう。

エギルもセリナの気持ちを汲《く》むなら放っておくべきかもしれない。

だけど、
エギルは二人の頭を撫で、

「セリナは変わらない。優しい二人のお姉ちゃんだ。どんなことがあっても、それは変わらない。だからお姉ちゃんの隣にいて支えてあげたほうが、お姉ちゃんも喜ぶんじゃないか？」

セリナだけでなく、隣にいてずっと姉を心配している二人の気持ちを汲むことも、エギルにとっては大切なこと。そして、どんな顔を見せようとも、セリナがセリナであることは変わらないとエギルは思う。

「セリナの側にいてやってくれ」

そう伝えると、二人はコクリと頷く。

「……わかった。おにいちゃん」

「……お姉ちゃんのためなら。はい。お兄ちゃん」

エギルは首を傾げる。

「お兄ちゃん？」

「おねえちゃんが、エギルはいつか、あたしたちのお兄ちゃんになるからって」

「ええ、だからお兄ちゃんと呼びました」

「……なるほど、そういうことか」

結婚したら二人はエギルの義妹《ぎまい》になる。だからだろう。エギルはエレノアと目を合わせて笑みを浮かべた。

そして、エギルとエレノアはクロエとシロエと共に部屋の中に入る。狭い部屋ではセリナ、華耶、フィー、そしてサナとルナがテーブルを囲むようにして椅子《いす》に座っていた。

「レヴィアとソフィアは外か」

「……レヴィアはここでの話は関係ないから外で待ってるって。ソフィアも興味ないからどうでもいいって」

フィーがわかりやすく説明してくれた。そして、エギルは俯くクロエとシロエの背中を押す。

「ほら、セリナの隣に」

「……うん」

「……はい」

「シロエ、クロエ……」

セリナの目の前に来て、なおさら顔を俯かせている二人に、彼女は隣の椅子をポンと叩き、苦笑いを浮かべた。

「お姉ちゃんがブサイクな、鬼みたいな顔になっても、嫌いにならないでね？」

そう優しく伝えると、

「うん！」

「はい！」

二人は大きく頷くと椅子に座った。

これから話されることは二人もなんとなくわかっているだろう。だけど全て聞くと決め、セリナもまた二人に知られることを覚悟した。

エギルとエレノアも椅子に座る。それと同時に、雰囲気が少し重くなった。

そんな空気の中、第一声を発したのはエレノアだった。

「エギル様、おおかたのみなさんには朝早くに全てお伝えしました。みなさん、エギル様の考えを理解し、尊重してます」

　全員の視線がエギルへと集まる。

　セリナと華耶とフィーは黙ったまま頷き、サナとルナは悲しそうな表情を浮かべ、クロエとシロエはエレノアから直接は聞かされていなかったがセリナの手を握っていた。

　エギルはみんなを見ながら言う。

「俺は行く。そこで過去と決別する。……だから、側にいてほしい」

　過去と決別する。ルディアナの前に立ち、ここにいる彼女たちを愛していると宣言する。

　過去に縛《しば》られながら生きるのではなく、彼女たちと未来に向かって、幸せな人生を歩む。

　ただそれだけのこと。だけど一人で向かうのは、どうしても苦しかった。

　だからみんなに──

「わたくしたちで良ければ、その背中を押します。エギル様の妻ですから」

「そうですよ、エギルさん。エギルさんは私たちをいつも引っ張ってくれてるんですから、今度は私たちが、エギルさんの背中を押します」

「……うん、エギルが前を歩いてくれないと困る」

「そうだねー、エギルさんはやっぱり前を歩いてくれないと。ねっ、ルナ」

「う、うん……。エギルさんを、支えたい、です」

「ええ、そうね。それでみんなが幸せになれるんだったら、私たち全員で進みましょう」

みんなの言葉が嬉しくて、エギルはなぜか笑ってしまった。重苦しい空気は消え、未来が明るく開けたような、そんな感じだ。

「それじゃあ、出発するか」

全員が一斉に立ち上がる。

「エギル様、わたくしたちは準備がありますので、少しお待ちいただいてもよろしいでしょうか？」

「どうかしたのか？」

出発しようとしたところで、エレノアに止められた。

彼女たちは笑顔を浮かべる。

「これは女の勝負でもあります。なのでわたくしたちは、少しお化粧《けしょう》をしてきます」

どこか楽しげな様子のみんなを見て、エギルは頷く。

「ああ、わかった。外で待ってるよ」

エレノアたちは頷き、部屋へと戻っていく。

エギルが一人宿屋を出ると、レヴィアとソフィアが壁に背中を預けて立っていた。こちらを見るなり、

「どうやら話は終わったみたいじゃな。……中から聞こえてきた彼女たちの声や、お主の表情を見るかぎり、良い方向に進んだようじゃな」

「まあな」

「それで、行くのか？」

レヴィアにそう言われ、エギルは大きく頷く。

「ああ、行くよ」

すると、レヴィアは納得したように笑う。続いてソフィアが口を開く。

「話がまとまったようだから、私も言っていいかしら？」

「どうした？」

「あのエレノアって女からの頼まれ事の返事を、あんたに伝えとくわ」

「頼まれた……？」

そんな話は出なかった。おそらくは、エギルに伝えず、ソフィアに直接頼んだのだろう。

「あんた、昔の女に会いに行くんでしょ？」

「……少し違うが、まあ、会いに行くのは同じだな」

「ふーん、どんな職業かもはっきりしないのに？」

ずっと腕組みをしたままのソフィアに聞かれ、エギルは「そうだな」と答える。エレノアから、香水のような匂いを放ち、香りで人を操《あやつ》る能力だと聞いている。だが、本当にそれだけなのかははっきりしていない。

ソフィアは呆れたようにため息をつく。

「ずっと好きだった相手の職業も知らないなんて、あんた、馬鹿じゃないの？」

エギルは言い返せない。なにせその通りだ。ずっとルディアナのことが好きだったのに。

昔、ルディアナの職業について彼女に聞いたことがある。それも何回もだ。だけど、

──私の能力？　エギルみたいに優秀な職業じゃないから、言うのは恥《は》ずかしいかな。それに……エギルが守ってくれるから心配ないでしょ？

ルディアナにそう言われると、エギルは「ああ、もちろんだ」と答えるしかなかった。エギルは頼られるのが好きだったし、ルディアナの前では良い格好をしたかったからだ。エギルがそう返すと彼女は「じゃあ、心配ないでしょ？」と微笑んで、いつもこの会話を打ち切ってしまう。それに、

──もしこれ以上踏み込んだら、またいなくなるよ？

口には出さなくてもそう言われているようだった。だからそれ以上は、ルディアナの職業について聞くことができなかった。再び彼女がいなくなってしまうのではないかと不安だったからだ。

いま思えば、それも彼女の作戦だったのかもしれない。

黙っているエギルを見て、ソフィアは話を継ぐ。

「まあいいわ。それで、エレノアに頼まれたのは、あんたがその昔の女にかけられてるかもしれない職業の力を解呪できるか？　ってことよ」

「解呪？」

　エギルの疑問にレヴィアが答える。

「あくまで可能性の話じゃ。再び顔を合わせたところで、お主の身体《からだ》に変化が起きるとは思えん。じゃが、顔を合わせたときに何かしてくる、もしくは昔にかけた呪いを起動する、そこまで想定しておいたほうがいいということじゃ」

「……つまり、俺は今までずっとルディアナの職業の力に支配されていたかもしれないってことか？」

「うむ。エレノアは、もしそうなら、それを取り除きたかったのだろう。他にも色々と聞かれたり頼まれたりしたのじゃろ？」

　レヴィアの視線がソフィアへ向くと、彼女はめんどくさかったと言わんばかりのため息をつく。

「ええ、そうよ。『もし再び何か仕掛けてこようとしたらわかるか？』とか『匂いで人を操る職業はあるか、もしあるとすればその対応はどうすればいいか』とかね」

　そんなことを頼んでいたのかと思うエギルに、レヴィアはニヤリと笑みを浮かべる。

「お主を信頼しているが、心配もしてるのだろう。本当に良い妻じゃな」

　そう言われ、エギルは頷く。

「ああ、本当にな」

そこで、ソフィアはわざとらしく咳払いする。

「コホン……のろけは全てが終わってからにしてちょうだい」

「すまないな。それで話を戻すが」

「まあ、答えは知らない、だけどね」

ソフィアは少し考えるような素振りを見せてから、

「もしそのような能力を発動する瞬間——術式を見れば、防ぐことはできるかもしれないわ。それが魔術の類《たぐい》と一緒のものならね」

「なるほど。それは屋敷にあった大量の書物で蓄《たくわ》えた知識の力というわけかの？　優《すぐ》れた才能と知識を持っておるのじゃな」

レヴィアの言葉に、ソフィアは一瞬だけ大きく目を見開き、

「あら、よくわかっているじゃないの？　愛でてあげる」

後ろから抱き寄せようとするが、それをレヴィアは華麗《かれい》に避《よ》け、クスクスと笑う。

「少し考えればわかることなのじゃ」

「まあ、それもそうよね。私の職業は、呪術師《ドルイド》よ。相手に様々な効果をかける。ただそれだけのありふれた職業」

「呪術師か。だが、それは対象に呪いをかけるだけであって、対象の呪いを打ち消すことはできないんじゃないのか？」

呪いを消す職業であれば、未知の、ルディアナの能力であっても打ち消すことが可能かもしれない。しかし、ソフィアの職業は〝消す〟ではなく〝与える〟だ。それでもできるのか、とエギルが疑問に思っていると、ソフィアは馬鹿にするように深々とため息をつく。

「はあ……これだから大人は嫌いよ。なんでもかんでも理屈で考える。もっと簡単に考えなさいよ」

「と言われてもな」

困り顔でエギルがレヴィアを見ると、彼女は子供っぽい笑みを浮かべる。

「要するに、似た能力だからこそわかることがある、ということであろう？　例えば新しく呪いを付け加えるわけではなく、新たな呪いを上書きする、ということじゃな。ほれ、奴隷具だってそうであろう？」

「なるほど、つまりソフィアの職業の力を、別の使い方で利用するということか？」

「まっ、そんなとこね」

「凡人《ぼんじん》とは違った発想ができるということじゃな。頭が良い者にこそ為《な》せる技《わざ》じゃ」

「ありがと。やっぱりあなた、好きよ」

「ふむ、それは困るのじゃ」

レヴィアは身の危険を感じてソフィアからさらに離れる。

「確かに奴隷具も、新しい主が所有権を上書きすれば変更できるからな……。俺たちにはわからないが、ソフィアにはできるってことか」

「まあ、そんな感じね。職業の力なんて、全てが解明されているわけじゃないんだもの。それに力を身につけたのだって、誰かに『こうして、こう使いなさい』なんて教わったわけじゃないでしょ？　それぞれが頭や体を駆使《くし》して与えられた職業の力を強くしていってるのよ」

ソフィアの説明にエギルは頷く。

エギルも同じで、剣舞士《ソードジェネシス》という職業の力を身につけたからといって、一から十まで誰かから指導を受けられるわけじゃない。それにエギルの場合は、同じ職業の力を持つ人間の数が極端に少なくて指導者を探すほうが大変なのだ。

だから、職業の力を得た後は、戦って、戦って——戦う。そうして自分で技を磨《みが》くしかない。ソフィアもやはり研究しながら与えられた力を伸ばしていったのだろう。

「ただ」

ソフィアは顎に手を当て難しい表情をする。

「そのルディアナって子の職業のランクが高すぎたら、さすがに難しいかもしれないわね」

「ランクか……レヴィアは、香りで人を操る能力の話を聞いたことあるか？」

「残念だが聞いたことないのじゃ。ただ、世界中には多くの職業があり、まだ我らが知らぬ職業もある。それだけで高ランクの職業であると決めるのは早計じゃな」

職業にも系統があり、それぞれの強さを示す階級がある。

初級、中級、上級。そしてエギルや魔導者《ヘガリアッテ》という職業であるレヴィアのようなSランク冒険者のみに与えられる固有職業。

この世界には無数の職業があって、その全て把握している者は、おそらくいない。

「系統としては、ソフィアと同じ呪術師が近いかのう？」

「そうだな。俺の知る限りでも他にない」

「まあ、そうなるわよね。だけど匂いで人を操る——というより、洗脳のように時間をかけて、思考や行動を制御するなんて気味悪い能力、呪術師の系統にはないわよ？」

「ふむ。であれば、固有職業の可能性が強まってくるかのう……」

Sランク冒険者の可能性がある、ということだろう。

ルディアナがエギルと同じSランク冒険者。それは有り得ないと思ったが、今は何とも言えなかった。憶測《おくそく》だけが一人歩きする現状に、エギルは首を左右に振る。

「これぱっかりは、会ってみないとわからないな」

「ええ。だけどどうするの？　正面から会いに行くなんて、無謀《むぼう》すぎるんじゃない？」

「まあ、そうなんだがな」

ルディアナはクロネリア・ユースの中心部にある王城で待っていると言った。であれば、ルルディアナはこの国でそれなりの地位を築いたのだろう。だとしたら、仲間の者や、配下が待ち構えている可能性がある。

すると、

「それに関しては、我が手を貸すのじゃ」

レヴィアはニヤリと笑い、「向こうを見るのじゃ」と指を差す。その瞬間、北門付近から爆発音が響く。

そして煙が立ち上り、一気に街中が騒がしくなった。

「ここは冒険者が暮らす王国。そして、冒険者の敵は魔物じゃ」

「……魔物の襲撃《しゅうげき》。能力を使ったのか？」

「魔物が襲《おそ》ってくれれば、街中の冒険者が魔物へと向かうであろう。となれば、王城の守りは手薄になるはずじゃ」

「いいのか……？」

レヴィアにとって魔物は家族のようなものだ。それらを囮《おとり》に使えば、必ず命を落とす魔物も出てくるだろう。そう思って聞くと、レヴィアは頷いた。

「危険になれば逃げるよう伝えてある。それに……」

そこで彼女は急に口を閉ざして、

「いや、なんでもないのじゃ。それに、みんなもわかってくれたのじゃ」

そう言って、エギルを見つめる。

「今は手を貸すが、我はお主の仲間ではない。家族を殺した冒険者であるお主らを許してはいないからのう。明日は敵に戻るかもしれん。ただ今回は、我も目的があってここへ来たのじゃ。だからお主に手を貸す。その意味、理解しておるな？」

普段のレヴィアはにこにこしていて、決して感情を表に出さない。そんな彼女がエギルに真剣な眼差しを向けてくる。目を逸らせないほど力強く。

魔物を家族と呼び、大切に思う彼女が、その家族を囮にしてまでエギルたちに手を貸そうというのだから、なんとしてもあの場所へ――神の湖へ連れて行けということだろう。

それがレヴィアの目的。

「ああ、わかった。力を借りるぞ」

「うむ、了解じゃ」

人間と魔物。そして魔物たちの女王レヴィア。いつか敵になるかもしれないが、今は手を貸してくれると言ってくれた。だったらここはその手を取ろう。エギルにも、彼女にも、あの場所へ行くという、同じ目的があるのだから。

「――話はまとまりましたか？」

レヴィアが再びにっこりと微笑んだのと同時に、宿屋から出てきたエレノアたちに声をかけられた。

「ああ、話は終わったよ。それにレヴィアが手を貸してくれることになったから、あの場所へも行きやすくなった。準備はもういいのか？」

そう聞くと、それぞれ笑顔で頷く。

「それじゃあ、行こうか」

エギルは歩き出す。その後ろをエレノアたちが続く。

これから向かう場所で起きるであろう出来事を思うと気持ちが重く、みんな口を閉じ、苦い表情を浮かべている。けれど足だけは力強く前へと進んでいく。

魔物の襲撃により騒然としている周囲には目もくれず、ただ真《ま》っ直《す》ぐ、明るい未来に変わる大きな契機になると信じて王城に向かって歩いていく。

五章　おかえりなさい

住民のほとんどが冒険者の王国、クロネリア・ユースでは冒険者たちに定期的に給金が支給されるだけあって、昼間から商業エリアは賑《にぎ》やかだったが、打って変わって、華《はな》やかな庭に囲まれた王城の周辺は静かだった。

「入ってこい、ということか……」

衛兵《えいへい》がいて当然なところだが、その姿もなく、城内に入っても静かだった。

「冒険者が暮らす王国のお城だから、もう少し簡素《かんそ》だと思ったんだが、予想してたのとは全く違うな」

「随分《ずいぶん》きらびやかですね」

隣を歩くエレノアが、周囲を見渡しながら答える。

エギルが今まで見てきた冒険者の暮らす王国の城のイメージは、開放的な雰囲気《ふんいき》のところが多い。なにせ冒険者になろうとする者の大半は、堅苦しいことが苦手で、好き勝手に生きたいと思う者が多いから、城も出入り自由で、格式張ったところが少しもない。だがここは違う。

するとと突然、ソフィアが腕を組みながら、

「憧《あこが》れ、かしらね？」

「憧れ？」

「ええ、そう考えるのが妥当《だとう》だと思うわ。だってそうでしょ？　規則だとか、しきたりだとか、そんな面倒《めんどう》臭いものに縛《しば》られたくないから冒険者になったのに、こんな権威《けんい》ありげな場所に住もうなんて、普通は思わないんじゃない？」

「たしかにそうだな。お城で暮らす偉い奴《やつ》らは、城で他国の貴賓《きひん》をもてなしたりするのが仕事だが、冒険者はそれが仕事じゃないからな」

エギル自身も、みんなで暮らす居場所を見つけるまでは、そこまで住む場所にこだわりはなかった。できることなら、ずっと旅をしていたいと思っていたし、冒険者なら誰しも同じだろう。

大理石が敷き詰められた廊下、朱色の絨毯《じゅうたん》、重厚な額縁《がくぶち》に収められた絵画。この王城の内装を設計した者は、こういった雰囲気のお城に憧れがあったのかもしれない。

ロビーには、二階から左右に分かれて階段が伸びており、その二つの階段が繋《つな》がる中央には、広い踊り場があった。

どこへ向かうか。そんなことを考えている時だった。

「——良かった、エギル。来てくれて」

声を聞いた瞬間、なぜか全身に鳥肌《とりはだ》が立った。身体《からだ》が震える。目の前の階段を上がった先の踊り場には手すりに身を寄せた少女が、エギルを見て嬉《うれ》しそうな顔をしていた。

「……ルディアナ」

久方ぶりの再会なのに、昔と何も変わっていなかった。

彼女だとすぐにわかった。

かつてと同じ、彼女の自慢でもある肩まで伸ばした真っ黒の髪。白と黒のオールドスタイルのメイド服に身を包み――首もとには奴隷具《どれいぐ》を付けている。

「久しぶりね、エギル。何年ぶりかしら？」

「そうだな。もう、十年以上になるんじゃないか？」

「……時が経《た》つのは早いわね」

ルディアナから敵意は感じられない。ただ昔のことを懐《なつ》かしむように話しかけてくるだけ。

それでも周りに立つエレノアたちは、ルディアナに敵意を剝《む》き出しにする。

ルディアナは、髪を撫《な》でながら、笑みを浮かべて言う。

「久しぶりの再会なのに、邪魔をしないでいただきたいですね……」

その言葉に誰も返事はしない。セリナは剣を抜き、フィーは拳《こぶし》を握り、サナやルナや、クロエとシロエまで武器を手にして、それぞれ何があってもいいように身構えていた。

一方、華耶《かや》やレヴィアとソフィアは静かに彼女に視線を向けていた。

エギルは一歩前へ出ると、ルディアナを見上げる。

「ルディアナ、俺は過去のことを水に流すつもりはないが、もう、お前と関《かか》わるつもりもない」

ルディアナの嘘臭《うそくさ》い笑顔が、エギルの言葉を受けて少しだけ変わる。

「そう。そうですか……。ですがそんなのは、あなたの本心ではないですよね？　ねっ、エギル？」

じっとエギルを見つめるルディアナ。

エギルは彼女に、はっきりと伝える。

「これは俺の本心だ。俺には守るべき妻たちがいる。もうお前と関わることはない」

その瞬間、ルディアナの表情が敵意に満ちる。それはエギルにではなく、エレノアやセリナたちに向けられていた。

「なるほど。この者たちに上手《うま》く言いくるめられてしまったのね」

「なに？」

「だってそうでしょ？　わたくしとあなたはずっと一緒にいたのに。それをたった数カ月一緒にいただけの女に心を開いてしまったんだもの。ああ、悲しい。わたくしは悲しいですよ、エギル？」

「ルディアナ、これは時間の問題じゃない。俺は彼女たちがこうして自分を支えてくれることが嬉しいんだ。それに一緒にいれて幸せだ。だから俺はこの先もずっと彼女たちと一緒に生きていく。だから――」

「――もういい！」

ルディアナは力一杯、手すりを叩《たた》く。

そしてこちらを睨みつけているルディアナは、エギルがずっと恋していた優しくて大人しい少女のものとは到底《とうてい》思えない、憎悪《ぞうお》に満ち溢《あふ》れた顔をしていた。

「なんだ……？」

その時、エギルは全身に違和感を覚えた。視界がぐにゃりと歪《ゆが》む。

ルディアナの顔の輪郭《りんかく》が一瞬だけ波打ったように揺れた。

首を大きく左右に振ると、視界の歪みが消える。

「……やり直し」

ボソッと、何か言葉を発したルディアナ。

そして、彼女は乱心したように、何度も何度も、自慢の黒髪を振り乱して手すりを力一杯叩きつける。

「やり直し、やり直し、やり直し、やり直し、やり直し、やり直し、やり直し――すべてやり直しだわ」

壊れたように同じ言葉を繰り返しながら、ルディアナはエギルを見て胡散臭《うさんくさ》い笑みを浮かべる。

「こんなとこで終われない。やっと、わたくしは変われるんだから――」

ルディアナは手のひらで、ふわりと自分の黒髪を撫でると、エギルへ手を伸ばす。

「すべてやり直しましょう。この邪魔な女たちを消して――わたくしの目的に沿ってやり直す」

「――ッ!?」

次の瞬間、後頭部を力一杯殴られたような感覚に襲《おそ》われた。前へ倒れそうになるのをこらえ、エギルは職業の力をルディアナに使おうと右手を前に出す。

――だが、その力を発動することができなかった。頭の中でどうして力を使いたいのかと問われているようだった。ぐらぐらと頭が揺れ、その疑問にエギルは答えられなかった。

誰に？

なんで？

どうして？

好きな相手を殺すの？

違うでしょ？

そんな疑問が頭の中を埋め尽くす。力を使おうにも、いくつもの問いが脳内を駆け巡《めぐ》り、思考を奪われる。

「エギル様!?」

「エギルさん⁉」

周囲にいるエレノアたちに名前を呼ばれた。

「──さあ、わたくしたちの人生をやり直すために、また手を貸してもらうわね、エギル」

ルディアナの声が妙に心地良い。エギルはその声に頷《うなず》く。その直後、意識がプツンと切れ、視界が真っ黒になった。

◆

うっすらと鼻をかすめる香りを感じて、エレノアはエギルに何が起こってるのかをすぐに理解した。

「ソフィアさん！」

だから彼女の名前を呼んだ。

エギルの身に何かあった場合、ソフィアはルディアナの術式を読み取り、エギルにかけられた呪《のろ》いを解除する。

──もしそれが不可能だったら、新たなる呪いで上書きする。

それが予《あらかじ》め考えていた対処法だった。ソフィアは両手を前に出して、術式を唱《とな》える。

「あの女、術式を唱えないで発動するなんて桁違《けたちが》いよ、ほんと！」

ルディアナの術式を読み取るのであれば、当然、術を発動させている金色の巻き髪の彼女に向けられるはずだが、ソフィアの手のひらの先にいるのはエギルだった。ということは、ルディアナは術式を唱える必要のない、ソフィアのこれまで得た知識では測《はか》れない能力の持ち主ということだろう。

だが、

咄嗟《とっさ》の判断で、ソフィアはエギルに呪術《じゅじゅつ》を付与《ふよ》しようとする。

「危ないッ！」

何かを察したフィーは地面を蹴《け》り宙を舞う。そして蹴り飛ばしたのは一本の矢だった。

どこから？

そう思ったエレノアは辺《あた》りを警戒《けいかい》する。

「ふむ、囲まれてるようじゃな」

レヴィアが言うように、この王城のロビーに、エレノアたち以外の人の気配があった。

十、二十、三十……。数え切れないほどの人数が突如《とつじょ》集まっていた。さっきまで誰もいなかったはず。いつからそこにいたのか。

すると、レヴィアは「やはりのう」と口を開き、ルディアナを見る。

「これも、お主の力かのう？」

「あら、どういうことでしょう？」

「お主の能力は香りで相手を操《あやつ》る、ではなく――匂《にお》いで対象に幻《まぼろし》を与える――なのじゃな？　ここにいるやつらも、幻に騙《だま》されているのじゃな」

ピクッと眉《まゆ》を動かすルディアナ。

エレノアを含めて誰もレヴィアの言っていることが理解できなかった。

「レヴィアさん、それは……？」

「おそらくエギルは香りで魅了させられていたわけではない、ということじゃな。そして、幻に囚《とら》われておったのはエギルだけではなく、ここにいる我々もじゃよ」

「わたくしも、ですか……？」

「うむ、お主の場合はあの女と会話して、脳内に幻を埋め込まれたのじゃ。『匂いで相手を魅了する』という。それを信じ込んだお主が我々にその情報を伝え、我々はまんまとその嘘《うそ》を信じ込まされたのじゃ」

「じゃあ」

セリナは驚きを隠せずにいた。

「あの女の能力がSランク職業の固有能力だって、私たちは勝手に思い込んでたってこと!?」

「うむ、エレノアから聞いた話をエギルは信じる。だから、お主はまずエレノアに接触したのじゃな？」

「ふうん、そう……勘《かん》の鋭い子ね」

ルディアナは素直に感心していた。

エレノアはその話を聞いて思う。

レヴィアの言う通り、ルディアナの情報は自分がエギルに伝え、全員に伝えた。エギルもみんなも、エレノアの話を疑わない。ルディアナがそれを知っていたとするなら、たった一人に幻の記憶を与え、それを全員に浸透させることは容易《たやす》い。

それに、

——その香りでエギル様を魅了させた、ということですか？

最初にそう言ったのはエレノアだ。決してルディアナからではない。

どうしてそのように察したのか……。

言えるのは、甘い香りを感じた瞬間、なぜだかその考えに至《いた》ったということ。

「それが、わたくしに与えられた幻……」

金色の髪を撫で、甘い香りを発する。それが能力の発動条件だったに違《ちが》いない。あの時も同じ仕草をしていたから。エレノアは自分の警戒心のなさを恨《うら》む。

「ですが、気づいたところでもう遅いというのは、わかっていますでしょ？」

ルディアナの声に応《こた》えるように、エレノアたちを取り囲む覇気《はき》のない冒険者たち。一瞬にして囲まれた。それにエギルは固まったまま動かない。

「レヴィアさん、では彼女の能力は」

「……幻術師《ミラージスト》、であろう」

「はあ!?　そんなわけないでしょ！」

ソフィアは慌《あわ》てた様子で、エギルへ呪術を付与し続けたままレヴィアに反論する。

「幻術師はＢランク職業。幻を見せられる相手は一人程度だし、人の思考を操る能力なんてないわよ!?　ここまで大人数に幻を見せるのは――」

「Ｓランク職業に匹敵《ひってき》する能力……薄々、怪《あや》しいと思っておったのじゃ。エギルを幼《おさな》い頃から魅了していた、操っていた、幻を魅せていた。もしそうなら、あやつはいつからＳランク職業になっておったのか、とな。――お主」

レヴィアはルディアナを睨《にら》みつける。

「その力、どこで手に入れた？　普通に手に入る力ではなかろう」

「……」

「――神の湖で、いったい何を得た？」

レヴィアの視線を受けたルディアナは、先程までの笑顔から一変、苛立《いらだ》ちを浮かべ小さく舌《した》打《う》ちをした。

「……どうしてよ」

レヴィアの問いかけが核心を衝《つ》いたようだった。

「お主の職業である幻術師はＢランク。その効力は何人もの人の自由を奪うほどのものではない。しかし、お主の能力はBランクではなく、Sランク。──とすれば、我《われ》やエギルが知らない未知の職業と考えるのが妥当であろう」

「だったら──」

「じゃが、エギルのような先導者の器《うつわ》と同等の輝きを、お主からは感じられぬ。であれば、お主のその力は紛《まが》い物であろうと、そう思ったのじゃ」

レヴィアの言葉に、みるみるうちに顔を歪めていくルディアナ。

「……紛い、物……このわたくしを──お前も、私を蔑《さげす》むのか!?」

そして、キッとレヴィアを強く睨みつける。

「やり直す……Sランク冒険者のエギルを手に入れ、あの男から解放され、私が築《きず》き上げてきたこの楽園で再びやり直す──その日のために、私はあの男の奴隷としてずっと堪《た》えてきたのよ」

ルディアナは壊れたようにぶつぶつと呟《つぶや》く。

人が変わったように独り言をもらすルディアナに、レヴィアは問いかける。

「あの男とは、お主に力を与えた者かのう?」

「あいつは……。私を蔑んで、私を利用しようと……」

そこで言葉を止めたかと思うと、ルディアナは不意に込み上げてきた笑いと共に再び呟き始めた。

「ふふっ……言いなりになっているフリとも知らず、あいつは……。だけどこれでお終《しま》い。私をこれまで利用してきたあいつを、今度は――わたくしが利用する。……だから絶対に邪魔させない。わたくしはやり直すのよ――この聖力石《せいりょくせき》の力で！」

ルディアナの手のひらに乗せられている石は紛《まぎ》れもなく聖力石だ。けれどその輝きは、エギルのとも、レヴィアのとも、エレノアたち他の冒険者のとも違い、禍々《まがまが》しく血の通った心臓のような赤黒い輝きを放っている。

まるで聖力石がルディアナの心を映し、彼女の意志と同調するかのように輝きを増していく。

それとともに、エレノアたちを囲む冒険者たちの気配が変わった。

「ちょ、ちょっと、これどうなってんのよ!?」

先程まで遠くから牽制《けんせい》しているだけだった冒険者たちがエレノアたちに今にも牙《きば》を剝《む》こうとしている。しかし、唯一《ゆいいつ》この状況を冷静に捉《とら》えていたレヴィアは口を震えさせ、

「……やっと、見つけたのじゃ」

今までに見せたことのない、溢れんばかりの笑みを浮かべていた。

その表情はまるで、探し物を目の前にした子供のように、感情を露《あらわ》にしたものに変わっていた。

そして小さな手を上げ、レヴィアは指を鳴らす。

――パチン。

すると、ルディアナの頭上の天井が崩《くず》れた。

「……ッ!?」

全身、銀色の鱗《うろこ》で覆《おお》われた巨大なドラゴンがその大きな足で天井を踏み抜いて落下してくる。

それと同時に、壁を破り、四方八方から次々と魔物が出現した。

そして、レヴィアは魔物たちに呼びかける。

「——奴を捕縛しろ。殺さず、全てを吐かせる」

人が変わったようなレヴィアの声に恐怖を感じた。

氷のように冷たい声。異様なほどの落ち着き。

まるで少女の姿をした強大な魔物のような威圧《いあつ》感。ルディアナは、恐怖を感じ、脅《おび》えたように後退する。

「な、なん、ですの……」

だが彼女の背後にはドラゴンがいて逃げることはできない。

ルディアナはエレノアたちを睨みつける。

「エギルとわたくしがやり直すための、お城を……よくも、よくもよくもよくもっ！　わたくしはお前らを絶対に許さない！」

王城は無残《むざん》にも壊され、ルディアナは拳を握り、怒りに顔を歪ませて、すぐさま両手をドラゴンに伸ばす。

幻影、それをドラゴンに見せようとしているのだろう。

とその時、レヴィアは大声でエレノアたちに伝える。

「あの者が手に持つ未知の聖力石、それがあやつの異常な力の源《みなもと》じゃ！　あれを奪えば、あやつは力を使えなくなり、エギルも、周りの冒険者も、見せられている幻術が消え、元に戻るのじゃ！」

レヴィアがそう言い放つと、

「だったら――」

「――こいつを」

セリナは左階段へ、フィーは右階段へ向かって駆け出す。

けれどその前に、幻術に支配された冒険者たちが立ちはだかる。

「邪魔をしないで！」

「……どいて」

早く二階の踊り場にいるルディアナのもとへ。けれど行く手を阻《はば》む冒険者たちの力は異常なほど強い。

「何よこいつら、馬鹿力じゃない！」

「……ありえない、人じゃないみたい」

彼らの職業ランクは低いが、筋力や脚力は、人の何倍も強く感じられた。決して非力な方ではないセリナやフィーが、ここの冒険者たちに力で押され、少しも前へ進めず苦戦していた。

そんな二人を見て、

「聖力石については詳《くわ》しくはないわ。だけど、あの女が持つ石を奪えば、エギルさんを救えるのね。だったら全力で——封印《ふういん》解放——悪神九尾《きゅうび》！」

華耶が白い毛並みの、九本の尻尾《しっぽ》を生《は》やした九尾を召喚《しょうかん》して指示を出し、

「おねえちゃんが戦うなら」

「私たちも戦いましょう」

クロエとシロエが走り、階段を塞《ふさ》ぐ冒険者たちに武器を振るった。

「ルナ、みんなの援護をするよ！」

「うん、みなさん、援護します！」

サナは杖《つえ》を掲《かか》げ、ルナは矢を放つ。

みんながルディアナのもとへ向かおうとする中、一人、その場から離れないエレノアにレヴィアが尋《たず》ねる。

「お主はここにいていいのか？」

「……はい」

エレノアはエギルを見つめる。

エギルは心ここにあらずといった様子で、剣を力強く握っていた。だがソフィアが使った呪

術によって、その全身は半透明の七つの輪《わ》っかで抑えられている。

「ちょっとあんた、そいつを縛る呪術はそこまで強くないの。だから近づいたら危ないわよ！」

エギルの動きは止まっている。だが微《かす》かに手に持つ剣が揺れ、足はエレノアへと向いていた。

そんな彼を見て、エレノアは悲しそうな表情をする。

「動いているのであれば、自我が残っているということですよね」

「そんなの操られて動いてるだけかもしれないでしょ!?　声がするほうへ向かってるだけかもしれないわよ」

「わたくしの声が聞こえるなら、届くかもしれません……」

もしも自我が完全に消え去っていれば、目の前にいるエレノアを襲うだろう。だがエレノアは、エギルがまだ抗《あらが》っていると思っている。

――いや、信じたかったのだ。

簡単に自分を見失うわけがないと。偽《いつわ》りの愛情に支配されず、自分たちとの愛情を覚えてくれていると。

そんな不確かな希望を持ったエレノアに、レヴィアが忠告する。

「……お主がしようとしていることを我は止めぬ。だがエレノアよ、気をつけるのじゃ。いまお主の前にいるエギルは、お主らと共に育《はぐく》んできた記憶全《すべ》てが、偽りの記憶で上塗りされた状態。――愛したお主のことすら、何も覚えておらぬはずじゃ」

無表情でエレノアを見つめるエギルは、今まで共に歩んできた優しいエギルではない。

空虚《くうきょ》な人形、そう例《たと》えるのは正しい。

そして人形と化したエギルを操るルディアナにとって、目の前にいるエレノアは、ただの邪魔者でしかない。

言葉を交わすこともできない。

いつもの慎重なエレノアなら理解できること。ここにいても意味はないかもしれない。みんなと一緒に戦うべきかもしれない。

だがもしここで、一人残らずルディアナのもとへ向かってしまえば、エギルはそれを阻止《そし》しようとソフィアの呪術を振りほどき、みんなに刃《やいば》を向ける可能性がある。

エギルはこの場の誰よりも強い。一瞬で全員が殺されるかもしれない。

「もしも幻術から解放された時、みんなを傷つけたと知ったら一番悲しむのはエギル様ですから……。だからわたくしは、エギル様をみんなのもとへ行かせるわけにはいきません」

その言葉を聞いたレヴィアは、しばらく沈黙した。そしてエレノアの背中に向かって言った。

「お主ら冒険者は嫌いじゃ。魔物と呼ばれてきた家族を殺してきた。……けれどお主らは、あまり死なせたくはないのじゃ」

「……ありがとうございます。ルディアナを、お任せしてもよろしいでしょうか？」

「うむ、任せるのじゃ。エギルと約束したからのう。終わるまでは手を組む、だから無理はするでないぞ」

レヴィアは指を鳴らすと、魔物たちがさらに押し寄せた。

「どうしてよ……もしかしたらそれ以上、あいつに近づいたら殺されるかもしれないのに……なんでそんな危険なことするのよ」

ソフィアが小さな声を漏《も》らした。

それを耳にして、エレノアは笑顔で答えた。

「わたくしはエギル様の妻ですから。何があっても彼の側《そば》にいると約束しましたので」

どんなに強大な職業の力で支配されていたとしても、側にいたい、その気持ちしかエレノアにはない。

どんなに馬鹿《ばか》げた選択だとしても、エギルを悲しませたり、一人で抗わせることになるよりはずっといい。

「早くこの者たちを何とかしなさい！　もっと力を強めてあげるから！」

ルディアナが聖力石を高々と掲げると、冒険者たちの瞳《ひとみ》が薄暗く輝く。そしてエレノアは、他の冒険者たちと同じように操られているエギルを見つめる。

「……エギル様。みなさんがあなたのために戦っていますよ？　声をかけてあげなくてよろしいのですか？」

エレノアの問いかけに、エギルは反応を示さなかった。代わりに剣を手放し、右手を前に出して、職業の力を使おうとする。

だが、

「とりあえずこれで――」

その攻撃よりもソフィアの呪術を発動する方が早かった。新たに加わった三つの輪っかがエギルの体を縛《しば》るように締めつけ、それらは彼の体内に吸い込まれていく。

「エギルにかけられている幻術は一時的に封じたわ。これで職業の力は働かない。だけど、そんなに長く保《も》たないわよ！」

職業の力を封じる呪い、一時的でも有り難かった。

「ありがとうございます、ソフィアさん」

「お礼はあと！　今はそいつを元に戻すことを考えなさい。私も解けるかどうか色々と試してみるから！」

ソフィアはそう言うと、自分の持ち得る知恵を振り絞《しぼ》って、エギルを元に戻そうと様々な呪術を試す。

力を封じられたエギルは、床に落ちていた剣を手に取ると、剣先をエレノアへと向ける。初めて剣を向けられたエレノアは悲しそうに、けれど笑顔で応じる。

「女性に剣を向けてはいけませんよ、エギル様？」

「……」

「帰ってきてください。ご主人様の帰りを、みなさん待っています」

みんなそれぞれエギルを救うために戦っている。

セリナとフィーが前線で自分よりも強い冒険者に立ち向かい、クロエとシロエが連携《れんけい》しながら、ルディアナのもとへ向かおうとしている。

そんな四人を援護するように、サナとルナが後方から魔術と矢を放ち、華耶が九尾に指示を出して周囲の冒険者を牽制する。

レヴィアも、ここに多くの魔物を呼び寄せ、ルディアナを追い詰める。

そんな彼女たちの奮闘《ふんとう》を見ても、エギルの表情は変わらない。

だが、口元が微かに動いた。

「……エレ……ノア」

微かに絞り出したエギルの声。

「──これね！　少しだけど、あの女の幻術を打ち消す呪術が効《き》いてるわ！　だから呼び戻して！」

ソフィアは両手を前に出し、その手から光を放つ。彼女の力によって、エギルを捕らえている幻術が少しだけ弱まったのだろう。

僅《わず》かに意識を戻したエギルを見て、エレノアは目を見開き、胸元に手を当てる。

「は、はい！　エギル様！　エレノアはここにいます！　だから──」

「──おれ、を……殺……せ」

「……え？」

ソフィアの力がルディアナの力に押されているのか。エギルの心の中では大きな葛藤《かっとう》が生じているのだろう。

このまま操られてしまえば彼女たちを傷つける。彼女たちを殺したくない。だったら──。

自分の意識を保てないエギル。だがエギルの言葉に、エレノアは首を横に振る。

「エギル様の命令なら、喜んで何でも応えます。──ですが、その願いだけは応えられません」

「どう……して……」

「あなたが死んでしまえば、みんなの頑張りが無駄になり、あなたがいなくなってしまえば、わたくしたちは光を失います。だから」

エレノアは、ふう、と息を吐きエギルを見る。

「過去と向き合い、一緒に前を歩くと言ったのはエギル様です。だからエギル様はここで偽りの過去に抗い、過去を断ち切ってください」

「……」

「わたくしたちが、エギル様が戻ってくるのを助けますから」

微かに残っていたエギルの意識が消えたのを感じた。

感情のない操り人形と化したエギル。そしてその手に握る剣先が再びエレノアに向けられる。

――エレノアの辛《つら》い人生の中で、エギルと出会えたことが一番の幸せだった。

望んでもいないのに王女として生を受け、周囲の者たちに特別扱いされ、ただ普通の友達でいたかった幼なじみや、実の姉にまで裏切られ奴隷にされた。

至高《しこう》の身分から、奈落《ならく》の底へ。

けれどエレノアは、今までの人生よりも今の奴隷としての生活の方が幸せだった。周囲から奇異《きい》な眼差《まなざ》しを向けられても、最愛の主《あるじ》がいて、同じ境遇のみんながいる。

だが、この生活は永遠ではないだろうと、エレノアは心のどこかで予感していた。

最愛のエギルは、今まで見てきた人々とは比べられないほどのお人好《ひとよ》しだ。優しすぎて、人を信じすぎる。

エレノアはエギルのことを想い、それを正そうとしたこともあった。

だけど心から優しいエギルに、その優しさを捨ててほしいと頼むことはできなかった。

優しくて、強くて、自分たちを大切にしてくれるエギル。

そんな彼だからこそ、エレノアもセリナも、他のみんなも側にいたいと思った。

――エギル様にはこのままの優しいエギル様でいてもらいたい。

代わりに、

――人を信用できなくなったわたくしたちが、エギル様の代わりに人を疑いましょう。

彼女たちは人生に絶望した日から、人という存在を疑いながら生きてきた。そうして生きるのが辛いことを彼女たちは誰よりも知っている。そんな悲しい人生を、エギルには歩ませたくはない。今のままの、誰にでも優しいエギルでいてもらいたい。

彼女たちはそう願った。

「……エギル様。みなさん戦っていますよ？　そんな幻の力に囚われていないで、いつもみたいに、みなさんを守ってください」

エレノアはゆっくりと、エギルへと近づきながら伝える。

周囲では剣がぶつかり合う音や、魔術で城が破壊されていく轟音《ごうおん》、そして魔物の叫び声が響く。

──静かだ。

けれど、エギルとエレノアの周りだけは異様に静かだった。

まるでこの世界にエギルと二人きりでいるような感覚がした。

エレノアの瞳が、感情の消えた彼を見つめる。

剣先をこちらに向ける彼は何を考えているのだろうか。

意識はなくなってしまったのか、それとも偽りの幻に抗っているのか。

もう、愛するエレノアたちのことなんて見えなくなってしまったのか。

もしも自分のことを今までのように認識できないのなら、エレノアがエギルに近づくのは危険だ。

「ちょっと、あんた！　そいつにそれ以上近づいたら危ないわよ⁉」

後ろからソフィアの声が聞こえる。だけどエレノアは歩みを止めることはない。

「……大丈夫です」

ここで止まるわけにはいかない。

エレノアのやるべきことはみんなの加勢をして、ルディアナを止めることではない。彼女がしなければならないことは、愛するエギルを取り戻すこと。それをみんなが望んでいる。

エレノアは託《たく》されたのだ。エギルを救えるのは、彼女だと信じて。

エギルはエレノアたち、愛する者たちに決して優劣をつけない。それを全員が理解している。

けれど、どこかで彼女たちは理解していた。

いつも守ってくれるエギルが不在の時はエレノアがエギルの役目を引き継ぐことを。

それは、ヴォルツ王国を敵から守った時から、誰しも理解していた。

今ここで、エギルを救えるのはエレノアしかいない。

全員が、エレノアがエギルを救ってくれると信じている。エギルを救ってほしい。エギルを取り返してほしい。また——みんなで幸せな日々を過ごしたい。

ルディアナを止めればエギルは元に戻るかもしれない。だけどそれではいけない。エギルには自分自身の手で、過去を断ち切ってほしい。

「エギル様……帰りましょう？」

過去を断ち切る少しばかりの支えとなれればいい。

「フィー、こいつらは私に任せて先に行って！」

セリナが、自分よりも体格の大きい冒険者の攻撃をエギルに教わった剣技で受け止める。

「……わかった」

フィーが、階段の手すりに飛び乗り、ルディアナに向かって駆け出す。

「むさ苦しい男ばっかりね。邪魔しないで！　行って悪神九尾！」

「ルナ、セリナさんとフィーさんを援護するよ！」

「う、うん！　わかったよ！」

華耶が九尾に指示を出し、サナとルナも後方から二人を援護して、

「おねえちゃんを」

「傷つけさせません」

シロエとクロエが素早い動きで冒険者たちを翻弄《ほんろう》する。

そして、

「……聖力石の輝きが薄れておる。今ならその聖力石を奪えるはずじゃ。そうすればエギルの意識は元に戻る！」

レヴィアが魔物たちに一斉《いっせい》に指示を出す。

ソフィアも、エギルにかけられた呪いを解こうと全力を注いでくれている。

みんなが為《な》すべきことに全力で挑《いど》んでいる。全てはエギルのため。そしてみんながまた、ずっと笑い続けられる幸せな日々を過ごすため。

――もう、誰も地獄のような人生に戻りたくなんかない。

エレノアはエギルの目の前に立ち、にっこりと微笑《ほほえ》む。

「奴隷オークションで出会ったあの日、エギル様はわたくしを見つけてくれました。多くの奴隷がいたのに、エギル様は、わたくしだけを見つけてくれました。だからもう一度、何も見えなくても、わたくしを見つけてください」

エギルの握る剣が、これ以上の接近を阻《はば》むようにエレノアへと向けられる。

だがその刃をエレノアは手で摑《つか》む。それはエレノアの手のひらを赤く染め、痛みを与える。

ソフィアが驚いて何かを言っているが、エレノアの耳には届かない。

剣がエレノアの手を過ぎるように、どんどんと、彼女へ近づく。その度《たび》に手から赤い雫《しずく》が滴《したた》り落ちる。

「わたくしに傷を負わせて、エギル様は苦しいですか？」

エギルはエレノアを傷つけることなんて望まない。もしここで意識が戻ったなら、自《みずか》ら剣を摑んだとはいえ、エレノアの手のひらを血で染めたことに苦しむだろう。

――苦しめて、ごめんなさい。

最も嫌がることを強《し》いてしまった。自分が痛みを受けることで、もしかしたら奇跡的にエギルの意識が戻るかもしれない。

けれど、そんな奇跡や幸運といった言葉に、今まで何度も裏切られてきた。

奇跡なんてそんな曖昧《あいまい》なもの、エレノアはもはや毛ほども信じていない。

けれど、運命は信じる。エギルと出会い、みんなと出会えた。それは運命だ。運命だけは信じるが、奇跡なんてものを今更《いまさら》どう信じればいいのかわからない。

だから願いを込めて、体を寄せ、左手をエギルの頰《ほお》に当てる。

「エギル様がいたから、わたくしは過去と決別できました。だからお願い……エギル様も、自分自身で過去と決別してください。——あなたのいるべき場所は、そんな幻で塗り固められた世界ではありません。わたくしを、わたくしたちを思い出してください」

そしてエレノアは、エギルの唇《くちびる》に口づけをした。

◆

——エギルの意識は微かに残っていた。

けれど声を発せられない。口を開こうとしても、それを何かが阻む。

職業の力は絶対だ。ルディアナの力に反抗して、自分自身の体を抑えることしか、今のエギルにはできない。

だが、エギルは何度も何度も、心の中で訴えた。

——逃げろ。

ルディアナの職業の力を甘く見てたわけじゃない。けれどどこかで、エギルは大丈夫だと慢心していた。

絶対にエレノアたちへの想いは消えない。過去に捕らわれず、彼女たちを幸せにすることだけを望んでいるはずだと。

それなのに、いざ昔と変わらない姿のルディアナを見てしまったら、過去の記憶が蘇《よみがえ》ってしまった。

もう彼女を想う気持ちはない。ただ、言葉で言い表せない感情が心を埋め尽くした。

ルディアナの力にならなければいけない。

そんな使命感。ありもしないはずなのに。だがその感情がエギルの心を、体を支配して、エギルをエギルではなくさせる。

過去の記憶が現実で、エレノアたちと出会って共に味わったこと、その楽しい記憶や悲しい記憶、幸せだと思っていた記憶が幻のように感じられてしまう。

抗わないと。

そう思っても、意志とは逆の行動をしてしまう。

真っ直《ま》ぐ《す》伸ばした剣がエレノアへと向かうのを、まるで他人の行動でもあるかのように、エギルは必死に何度も何度も叫ぶ。

——やめろ！　やめてくれ！

エレノアを傷つけるなんてことをしてはいけない。ここにいる彼女たちは、エギルの大切な存在で、守るべき者たちなのだから。

そう思っても体が言うことを聞かない。

「わたくしに傷を負わせて、エギル様は苦しいですか？」

エギルを見ながら、エレノアはわざと自分に痛みを与えた。そんなことしなくても大丈夫だから。そう思っているのに、エレノアは自分自身を傷つけた。

何かをエギルに訴えている。

エギルが嫌がることをして、何かを訴えている。

全身が痺《しび》れるように冷たくなって、感覚が薄れていく。もう、自分を止めることができない。

自分が自分である感覚すら失われていく。

——だから頼む、俺を置いて逃げてくれ。俺を置いて、みんなで幸せになってくれ。

彼女たちが幸せになることがエギルの幸せ。

だから——。

そう思っても、エレノアはエギルを放っておいてはくれなかった。

頬に手を当てられたら、全身が冷たかったのに、その部分だけ温かい。

はっきりと、頬からエレノアの温《ぬく》もりを感じられた。

そして、彼女はじっとエギルを見つめる。

初めて出会った時、奴隷オークションで視線を交わした彼女に目を奪われた。そのときと同じように、吸い込まれそうな瞳でエギルを見つめてくる。

そして、そのまま——キスをされた。

何度もした行為なのに、この時は今までよりもはっきりと彼女を感じられた。

エレノアも、他のみんなも、エギルを見捨てない。

エギルが戻らなければ、彼女たちはまた深い悲しみの底に沈んでいく。そしてエギル自身も、同様に落ちていく。

誰にも理解されなくても、エギルと彼女たちは似ている。

傷を舐《な》め合う関係だとしても、エギルには彼女たちが必要で、彼女たちにはエギルが必要だ。

——だったら、戻らないといけないな。

過去に抗え。

過去と決別しろ。

彼女たちと共に幸せになる道を選択した。

ギルド——理想郷《サリアエーテリアル》への道。それは彼女たちを守り、幸せにしようと考えた家族という名のギルド。

どんな強大な力で過去に縛られたとしても、エギルは、彼女たち一人一人を愛している。
絶対に――戻るんだ。

◆

「――このキスは、反則だな」

エギルは唇を触れ合わせたエレノアに笑いかけた。

彼女は目を一瞬だけ驚いたように見開いてから、にっこりと微笑むと、目尻《めじり》から涙を流した。

「おかえりなさい、エギル様」

「ただいま、エレノア」

唇を離したエレノアは、幸せそうに微笑むと両手を後ろに隠した。

「あとで治療しような……」

「……はい」

謝りたい。感謝の言葉を伝えたい。けれど今も、自分の帰りを待ちながらセリナたちは戦ってくれている。

だから右手を前に出して、ありったけの剣をこの場に生み出す。

みんなを守る剣。そしてその剣を見て、彼女たちはエギルに笑顔を向ける。

「みんな、ただいま」

感謝の言葉よりも先に、その言葉が出た。

「おかえりなさい、エギルさん……もう、遅いですよ！」とセリナが涙を浮かべ、

「おかえり。帰ったら、ギュッてしてもらうから」とフィーが小さく声を漏らし、

「おかえり、エギルさん。たくさんの血を使っちゃったから、ねっ」と華耶が唇を指先で撫で、

「待ってたよ、エギルさん！　おかえり！」とサナが満面の笑みを浮かべ、

「良かった、エギルさん。おかえりなさい！」とルナが笑顔を浮かべ、

「おにいちゃん、どっかいってたの!?　わからないけどおかえり！」とクロエが首を傾《かし》げ、

「お姉ちゃんを泣かせるお兄ちゃんはダメでしょう。おかえりなさい」とシロエが安堵《あんど》して、

「戻ってくるとは、さすがは先導者の器じゃ」とレヴィアが微笑み、

「まったく、あんたら無茶苦茶よ……」とソフィアが大きくため息をつく。

それぞれの言葉を受けたエギルは、ルディアナに視線を向ける。

「……そうか」

なぜか笑ってしまった。自分はどうしようもないほどの愚《おろ》か者だと思って、笑ってしまったのかもしれない。

なぜなら、

「お前は――誰だ？」

見ず知らずの女に恋をしていたのだから。

◆

——エギルが十二歳の頃、ルディアナは突然、彼の前から消えた。

それからずっと追いかけ続けた。

好きだったから。また顔を見たかったから。

だけど、どこを捜しても彼女はいなかった。また会って話がしたかった。ただそれだけ。そんな会えない日々が続くと、エギルはルディアナへの気持ちを追いやるように冒険者の道にのめり込んだ。

そんな簡単に忘れられるわけないのに。

そして再会したあの日——いや、実際には再会していなかったのだが——追いかけていたルディアナは幻に変わっていた。

幻術によって、初恋のルディアナだと、そう刷《す》り込まれていたのだった。

再会したあの日からエギルは偽者《にせもの》の彼女の幻に囚われていたのだろう。

いま目の前にいるのは、昔と変わらない黒い髪を肩に垂《た》らした大人しそうな少女ではなく、金髪の巻き髪を肩まで伸ばした見ず知らずの女だった。

エレノアが幻を解いてくれた今だからこそわかる。

◆

「どう、して……どうして術が……なんで⁉」

ルディアナは正気に戻ったエギルを見て、狼狽《うろた》え、後退《あとずさ》りする。同時に、先程まで襲ってきていた周囲の冒険者たちの動きが鈍《にぶ》くなり、やがてピタリと動きを止めた。

「術が弱まった。今なら――」

セリナは冒険者の群れを縫《ぬ》うようにして走り、一気にルディアナへと詰め寄る。

逆側の階段を駆け上がったフィーも彼女へと詰め寄り、二人はそれぞれ剣と拳を向ける。

ついに聖力石の効果が消え、エギルや周りの冒険者への術が解かれた。ルディアナと名乗る偽者のもとへとエギルは近づく。

「どうして……」

彼女は膝《ひざ》をつき、ビクビクと震えながらエギルを見上げる。

その近くには、輝きが薄れた聖力石が転がっていた。

「わ、わたくしは、ルディアナです！　あなたが好きだった、あなたの初恋の――」

「お前はルディアナじゃない。もう嘘は止《や》めろ」

「ぐっ……どう、して……どうしてどうしてっ！　話が違うじゃないのっ⁉　ねえ、聞いてるんでしょっ⁉」

偽者のルディアナは辺りを見渡しながら、誰かに向かって声を荒らげる。それはまるで懇願《こんがん》するような、怯《おび》え方だった。

そして、レヴィアはため息混じりの声を漏らす。

「エギルよ、お主の幻は解けたかのう？」

「ああ、エレノアやみんなのお陰《かげ》でな。レヴィア、これが聖力石の力なのか？」

「……元、じゃな」

輝きが失われ少し黒っぽくなっている聖力石を指差すと、レヴィアは首を横に振った。

「……これは我らが最初に渡された聖力石でも、そこから経験値《ち》を上げて強くなった聖力石でもない。そもそも聖力石の輝きが失われることはないのじゃ。これがこの女の異常な力の源であろうな」

「異常な力の源か」

「うむ、そうなのじゃ。……お主、これは誰から貰《もら》ったのじゃ？」

そう言ってレヴィアが偽者のルディアナに近づこうとすると、彼女は聖力石を守るように覆《おお》い被《かぶ》さり、

「近づくなっ！　これが……これがあれば……」

何かを言おうとした。だが聖力石を目にして、ルディアナの表情は更《さら》に青白くなっていく。

「どう、して……どうして輝きが……？　……足りないの？　使い過ぎたの⁉」

「足りない……？　使い過ぎた……？　お主、何を言っておるのじゃ？」

「早く回復しないと、早くあの場所に入れないと……じゃないと、じゃないと――」

その瞬間、聖力石は更に輝きを失い、まるで蠟燭《ろうそく》の炎のようにゆらゆらと揺れながら消えかけた。

「いや、いやいやいやっ！　これがあれば、これがあればわたくしはやり直せるのよッ！」

「おい、力を使い過ぎたとしても聖力石の輝きが消えるはずないだろ！　お前、それは――」

「――あはッ」

涙を流し、唇を震わせながら笑う偽者のルディアナ。そして彼女はエギルをジッと見つめた。

「――力に溺《おぼ》れた代償《だいしょう》……。そう、あの者たちはわたくしを使ってこの力を試したのね」

「何を言ってるんだ……？　あの者たちって誰のことだ……？」

「――神々に最も近い存在、あなたたちも、いつか会うことになるわよ。気をつけなさい……ふふっ」

そう笑って、聖力石の輝きが完全に消え真っ黒な石に変わったのと同時に――彼女の体は粒子《りゅうし》のようになって、跡形《あとかた》もなく消えた。

「なによ、これ……」

セリナは脅えるように後ろへ下がる。着ていた服、それに真っ黒になった聖力石を残して、先程まで目の前にいた偽者のルディアナは消えた。

ここにいる全員がその現象を前にして言葉を失う。

「レヴィア、これはいったい……」

「さてな……」

それ以上、レヴィアが口を開くことはなかった。

◆

ヴォルツ王国の王城の一室で、エギルは窓の外を眺《なが》めながらため息をつく。

レヴィアとはここへ戻ってくる前に別れた。理由はわからないが、今回の一件で彼女は何かに気づき、すぐさま動こうと考えたのだろう。それを詮索《せんさく》することも、止めることもエギルにはできない。彼女は仲間ではないのだから。

「それに、レヴィアとはまた会うことになるしな」

敵ではなく味方として、であればいいが。

そんなことを考えていると、
コンコン。

「……エギルさん、入っていいですか？」

ノックの後にセリナの声が聞こえた。

「ああ」

返事をすると扉が開かれる。

そして顔を見せたセリナの表情は暗かった。

「……無事に、ソフィアさんの解呪《かいじゅ》が終わったそうです」

「そうか」

王城に戻ってくるなり、ソフィアにはルージュ伝病に冒《おか》された、サナとルナの母親であるルサリアの治療にあたってもらっていた。

「ルサリアさんの病気は、治らなかったのか？」

セリナの暗い表情を見て、エギルはそう思った。

けれど、セリナは俯《うつむ》いたまま、

「……いえ、治りました。ですが、会ってみると、いいかもしれません。説明するのが難しいので」

と、悲しそうに言った。

それを聞いてエギルは、ルサリアが眠る部屋へ向かう。

――説明が難しい。

セリナはそう言った。暗い表情、この言葉。それだけでも、ルサリアが目を覚まして単純に良かったというわけではないのがわかる。

「エレノアたちもいるのか？」

長い廊下を歩きながらエギルが問いかけると、セリナは首を横に振った。

「いえ、他のみんなは別の部屋にいます」

「そうか」

そんな短いやりとりをして、サナとルナが待つ部屋に近づく。

「ソフィア？」

部屋の前に腕を組んで立っていた彼女がこちらに気づく。

「……来たわね。入るの？」

いつもの素《そ》っ気《け》ない口調だが、部屋にいる三人に聞こえないよう気を遣《つか》ったのか、小さな声で尋《たず》ねる。

「……入らないほうがいいか？」

「さあ、私にはわからないわ。ただそうね、今は入らないことをオススメするわ」

「そうか」

「あんた、説明してないの……？」

ソフィアの視線がセリナに向く。

「だって、何て言えばいいのかわからないんだもん」

「まあ、それもそうよね。ま、ここからでも話が聞こえるわよ。どうぞ」

ソフィアは部屋の扉に近づくよう促《うなが》す。

言われた通りエギルが扉の前へ立つと、中から二人の声が聞こえてきた。

『……目を覚まして良かったよ、お母さん』サナの小さな声。

『良かった、良かった……よ、お母さん……』ルナのすすり泣く声。

『二人とも、心配かけてごめんなさい。お母さんはもう大丈夫。だからもう泣かないで、ねっ？』

おそらくルサリアの声だろう。

少しおっとりとした、優しそうな母親の声だ。

中から聞こえるのは、喜んでるサナとルナと、二人に声をかけるルサリアの声。

これがどうして入らないほうがいいのか、エギルは疑問に思った。目覚めたなら挨拶《あいさつ》の一つくらい、

『ねえ、お父さんはどこ？』

この言葉を聞くまではしようと思っていた。

サナとルナの父親は、二人を捨てて逃げ出した。

エギルは以前、サナから母親が意識を失ってから父親が変わってしまったことを聞いていた。

――あの男は、お母さんが病気になってから、他の女に入れ込んでたの。

──お母さんが病気になって俺も辛いんだって、あたしとルナが冒険者の仕事で働いて稼《かせ》いだお金を、酒と女に使ってたの。

そう、サナは言っていた。

当時はそのことを知らなかったルナにもサナは話した。真実を包み隠さずに。

それを聞いて、ルナは身を震わせていたが、すぐにサナに抱きついた。

──ずっと、心配してくれてありがとう。

サナの優しさを思って出た言葉だろう。しかし、父親の醜《みにく》さを知って、それから少しの間、ルナから笑顔が減った。この父親に関する事実を今度はルサリアに伝えなければいけない。

『えっと……その……』

『あの、ね……』

サナとルナは、はっきり答えられずにいた。

『お父さんにも感謝しないとね。だってお父さん、頑張り屋さんだもんね』

『……ち……』

──違う。

そう言いかけて、サナは止めた。

それを知らないルサリアは父親の話を続けた。

それは楽しそうに。

恋人を愛《いと》しく想うように語る。

その間、二人は何も喋《しゃべ》らずにいた。

二人は今、どんな思いで母親の話を聞いているのだろうか。

「母親はずっとあんな感じよ。私も、セリナから父親のことを聞いたわ」

ソフィアはそう言って、ため息をついた。

「……病気で倒れた日から今日まで、母親はずっと真っ白い部屋で夢から覚めるのを待っていたと言ってたわ」

「じゃあ、ここまで頑張ってきたサナとルナのことも、父親のことも……」

「ええ、何も知らないわ。だから父親は今も優しくて頼りがいのある男のままみたいよ。母親は、父親も自分のことを救おうと必死になってくれていたと思ってるみたいよ」

だけど違う、とソフィアは苛立ちの表情を浮かべる。

「真実は二人の娘に全て投げ出して、父親は現実を放棄《ほうき》した。それを、あの子たちは母親に伝えなくちゃいけない。……最悪よ、ほんと。だから私たちは入れなかったの。あんたもあの輪に入れないでしょ？　もしあの二人の父親のことを聞かれたら、何にも答えられないでしょ？」

そう聞かれ、エギルは「そうだな」と答える。

実際、ルサリアにとってエギルたちは赤の他人。まして初対面の相手にいきなり「あなたの夫は逃げました」とか「他に女がいます」とか「居場所はわかりません」なんて言えない。

部屋の中から聞こえてくるのは、夫を愛する妻の声だ。

会いたい、感謝を伝えたい、そんな彼女の言葉が聞こえる。

「だったら、サナとルナの今までの頑張りも隠すのか……？」

「え？」

このまま真実を語らなければ、ルサリアは、サナとルナの二人が実際、どれほど頑張ったかを知らずにいることになる。

真実を告げるべきか。

全てを隠すべきか。

天秤《てんびん》に載《の》せた二つの選択肢《し》が、どちらかに傾いたのを感じて、エギルは息を吐き、部屋の扉を開けた。

「え……どなた、ですか？」

ベッドに座ったままルサリアは、エギルを見て目を丸くする。

クリーム色の長い髪の女性。サナとルナが歳《とし》を重ねれば、いずれはこんな綺麗《きれい》な大人の女性になるのだろうなと感じた。

「自分はエギル・ヴォルツと申します。二人と一緒に冒険者をしていました。今はここヴォルツ王国の主です」

「王様……これは失礼いたしました。わたくし、サナとルナの母、ルサリア・フェレーリルと申します。もしかして、エギル様がわたくしを助けるために夫と娘たちに手を貸してくださったのですか？」

「……」

「本当にありがとうございます」

エギルが答えないのを見て、それを肯定と受け取ったルサリアは、深々と頭を垂れる。

サナとルナは、真実が喉《のど》まで出かかって隣で迷っていた。

父親は逃げ、エギルが助けてくれた。それが真実だ。だけど、それを告げれば、きっと、ルサリアは悲しむ。だから、サナもルナも結局、何も言えなかった。

「あ、あの、エギルさん。夫に、会いたいのですが……。今はどこにいるのでしょうか？」

顔を赤く染めたルサリアに見つめられた。恋する乙女《おとめ》のような、そんな表情だった。

エギルは唾《つば》を呑《の》み、彼女に告げた。

「ゲイルさんは、ここにはいません。自分たちにも、居場所はわかりません」

「……えっ？」

ルサリアから笑顔が消えた。

「あなたの病気を治す前に、姿を消しました」

「姿を……？　そ、それは、どういう」

「苦しかったんだと思います。自分たちも、それ以上のことは知りません。ただ……あなたを救ったのは、ここにいるサナとルナです」

ルサリアに感謝されたい、という気持ちはエギルには微塵《みじん》もない。けれど、母親を助けるために必死に頑張ってきたサナとルナのことだけは、包み隠さず伝えたかった。

母親を悲しませることになっても、その場しのぎの嘘はつきたくなかった。

サナとルナは黙ったまま、ルサリアへと視線を向けた。

「サナ、ルナ……本当、なの？」

母親の言葉に、二人は小さく頷いた。

「そう、なのね……エギルさん、どうしてそれをわたくしに？　隠そうとは思わなかったのですか？」

ルサリアに問いかけられ、エギルは二人に視線を向ける。

「確かに最初はこのことは言わないほうが、ルサリアさんのためだと思いました。病気が治ってすぐに聞かされるのは辛いと思いますので」

「では──」

「──ですが、それを隠したら、サナとルナの、本当にしてきた努力も隠すことになると思いました」

そして、エギルは二人の頭を撫でた。

「お母さんのために二人は頑張りました。なので、褒《ほ》めてあげてください。二人はずっと、あなたに褒めてもらいたいと願ってましたから」

笑顔でエギルがそう告げると、ルサリアはサナとルナの体を抱き寄せた。

「……ごめん、なさい」

「お母さん……」

「おかあさん……」

「苦しかったわよね。ごめんね……サナ、ルナ……ありがとう。……ありがとうね」

母親の温もりに包まれながら、サナとルナは、ずっと我慢《がまん》していた想いを曝《さら》け出すように大声で泣いた。

エギルが告げた真実によってルサリアを苦しめる結果となっても、母親は娘たちに涙を流しながら、笑顔で感謝を告げた。何度も、何度も。だが、そんな三人を眺《なが》めるエギルの中には微かに罪悪感が残っていた。

――あなたの旦那《だんな》さんには、他に女がいます。

ルサリアのことを思うと、それだけは伝えられなかった。もっと、苦しい思いをするだけだ。

「エギルさん……」

ルサリアはエギルを見る。

「本当のことを話してくださり、ありがとうございます。お陰で、娘たちの成長を知ることができました。本当に、ありがとうございます」

その心からの感謝を、エギルは心苦しく感じた。

「サナ、ルナ、食事ができたら迎えに来る。二人はお母さんのとこにいてやってくれ」

だから、エギルはルサリアの感謝の言葉に答えず立ち上がる。

感謝される立場ではない。自分はまだ隠してることがあるのだから。そして、無言のまま部屋を出た。

「ねえ」

セリナと共に後ろからついてきたソフィアが、部屋から遠ざかったところで声をかける。

「まだ隠してることあるわよね？　全部、本当のこと言わないと、後になって困るんじゃないの？」

「そうかもしれない。だけど、あんな嬉しそうに夫について話していたルサリアさんに、本当のことは言えない。サナとルナにだって言わせたくない」

「だからって……もし、また旦那が現れたらどうすんの!?　あんたにも二人の娘にも、嘘をつかれてたって悲しむんじゃないの!?」

「……」

エギルは足を止める。

オドオドと慌てているセリナと目が合い、エギルは苦しい笑顔を浮かべる。

「たぶん、悲しむだろうな……」

「だったら――」

「――だけど、あの部屋に入ったら言えなかった。サナとルナの努力は隠したくないと思ったが、旦那が他の女を好きだとまでは……。ルサリアさんは、あの男のことを本当に愛しているとわかったから、どうしても言えなかったんだ」

もしもエレノアやセリナが他の男と――なんて考えただけでも胸が苦しくなるのに、真実を話せるわけがない。

「だから、あんた自《みずか》ら嘘をついたってこと……？　もし彼女に知られたら、あんたが真っ先に恨まれるわよ？」

「まあ、そうなるな。だけど、これが最も良い選択だと思ったんだよ」

その返答に、ソフィアは、何か言いかけたが、その言葉を呑み込んだ。

「……そんな生き方、きっと後悔するわ」

「そうかもな。だけど、知らなくていい真実もあると俺は思うんだよ」

そう伝えると、ソフィアは苦笑いを浮かべて綺麗な赤髪を耳にかける。

「……そうね。世の中には、知らなくていいことだってあるわよね」

彼女はそう応じた。

エギルは頷いて、部屋へと戻った。

――それから少ししてから、部屋の扉が叩かれた。

訪ねてきたのはエレノアとセリナだった。

「エギル様、そろそろ食事の時間ですよ」

「みんな待ってますから、早く行きましょう」

「ああ」

二人に呼ばれて、エギルたちはみんなのもとへと向かう。

「エギル様、ルサリアさんのことですが……」

「あれしか選択肢はなかった。そう思いたい」

「そう、ですね……わたくしたちも、そう思います」

二人は悲しそうに目を伏せた。

そして食堂へ向かう中、エギルはエレノアに声をかける。

「エレノア、傷は……まだ痛むか？」

それは、エギルの剣を掴んだ手のひらの傷のことだった。

「いえ、大丈夫です。サナさんに治療してもらいましたので」

「そうか……」

申し訳なさそうなエギルに、セリナが笑ってみせた。

「もう、エギルさん心配しすぎですって」

「それはするだろ。エレノアやみんなに無理させたんだから」

「まあ、そうですけど……それよりも、エギルさんは大丈夫ですか？　その、あの人」

セリナが口ごもる。おそらくは、ルディアナが偽者だったことを気にしているのだろう。エギルは笑顔で答える。

「ああ、大丈夫だ」

その言葉に二人は明るくなる。

「良かった……」

「まあ、自分の馬鹿さ加減には呆《あき》れるがな。ずっと本当のルディアナではない、違う女を追いかけてたなんてな」

「ですが、再会した時に入れ替わっていたということであれば、最初に好きになったルディアナさんはまだどこかにいるということでしょうか？」

「どうだろうな……」

少し悲しそうな表情をするエギル。

そんなエギルを見て、セリナは元気づけようと、

「で、でも、あの偽者のルディアナの金色の髪ってさ、なんかエレノアの髪に似てるな……なんて」

途中まで言って、セリナはエレノアの嫌そうな視線に気づいて口を閉じる。

「一緒にしないでください。それではまるで、わたくしが似てたから好きになったみたいでは

ないですか」

「も、もう、冗談だって……冗談だから気にしないで、ねっ？」

「わかってますよ」

二人のそんなやりとりを聞いて、エギルは笑顔を取り戻す。

「ははっ、そうだな。だけど偽者のルディアナは金色の髪だったが、昔の彼女の髪色は違うんだよ」

「えっ、そうなんですか？」

エギルは頷いた。

「ああ、ルディアナは黒髪だったんだよ。だからエレノアに似てたとかじゃないさ」

「「黒髪？」」

きょとんとした二人に、エギルは笑いながら話す。

「俺が幼いころ好きだった彼女は黒髪なんだよ。全然ちが……どうした、二人とも？」

二人は急に足を止めた。その表情は、何か驚いているようだった。

「エギル様、その……昔のルディアナさんは、黒髪なのですか？」

「ああ、そうだな。それがどうかしたか？」

そう聞くと、二人は首を左右に振って笑顔を浮かべた。

「い、いいえ、なんでもないです！」

「そうです、なんでもないです！　ほら、みんな待ってますから急ぎますよ！」

「おいおい、背中を押すなって」

二人に背中を押されながら、エギルはみんなのもとへと向かう。

——二人が、本物のルディアナかもしれない女性に心当たりがあるとも知らずに。

エピローグ

エギル・ヴォルツが、クロネリア・ユースの王城を半壊させたことは、ほどなくフェゼーリスト大陸中に知れ渡った。そうした中、水面下で大きな動きがあった。

「質問はたった一つなのじゃ。早く答えたほうがいいぞ、人間？」

「ウアアアアアッッ！」

雲を突き破る山の頂《いただき》に鎮座《ちんざ》する龍神殿《りゅうじんでん》に男の悲痛な叫びが響く。

大きくてゴツゴツとした岩が転がるこの地で、白いローブを着た男は魔物たちに囲まれ、涙や汗《あせ》や鼻水で顔をぐちゃぐちゃにしながら震えていた。そして、レヴィアに脅《おび》えるように、腰を抜かして後ろへと下がろうとする。

だが、

「逃げるな、人間」

その行く手を、灰色《はいいろ》の鱗《うろこ》を身に纏《まと》うドラゴンが足を出して阻《はば》む。

ドシン、という大きな音を響かせると、男はレヴィアに懇願《こんがん》する。

「た、頼む……助けてくれ……知らない、本当に、何も知らないんだ！」

「知らない？　この状況で嘘《うそ》をつくのか？」

レヴィアが周囲の魔物に視線を向ける。それが合図だったかのように、巨体のオークが男の両足を摑《つか》み――軽く股《また》を広げるように引っ張った。

「うあああっ！　や、やめ、やめてくれっ、頼む、頼むから引っ張らないでくれ！」

「答えればやめる。……最後の質問じゃ。あの女が持っていた聖力石《せいりょくせき》、あれはどこで入手したものなのじゃ？　あやつは誰に渡された？」

男の手足から微《かす》かに血管が引き千切《ちぎ》れるような音が聞こえても、レヴィアは顔色一つ変えず、男を睨《にら》みつけていた。

「あの女が持っていた聖力石、あれがお主ら神教団とは無関係だとは言わせぬ。そして、いつも地下深くにこもっているお主らが表に出てきてまで、あの輝きを失った聖力石を回収しに来た。であれば、お主らは何かしら知っておるのであろう？」

「痛い、痛い痛い痛い、やめてくれっ！」

淡々《たんたん》と告げるレヴィア。だが男は叫ぶだけで、何一つとして答えようとはしなかった。だからレヴィアは手を上げ、

「話さないのであれば」

下ろそうとした瞬間——

「エズリア大陸！」

下ろしかけた手が止まる。そして男は言葉を続けた。

「はあ、はあ……エズリア大陸にいる、神教団の幹部の奴《やつ》が……あの王城に出入りしてるって……聞いたことが、ある」

「……名は？」

レヴィアが睨みつけると、神教団の男は答えた。

「——イスリファ・オルス・アーネストリー。ヘファイス伝綬神《でんじゅしん》様に最も近い存在と自称する女だ」

その名前を聞いて、レヴィアは立ち上がる。

「皆のもの、そのイスリファという女を捜せ。そして、生きたままここへ」

少女の言葉を聞いて、ドラゴンが南東へ向かって一斉《いっせい》に羽ばたいていった。

「やっと……やっと、手掛かりが摑めたのじゃ」

そして、レヴィアは止めていた手を下げ、龍神殿にある祠《ほこら》へ目を向ける。

「もうすぐ取り返すぞ……エンドレッタ」

血飛沫《ちしぶき》を背に、レヴィアは笑みを浮かべた。

◆

フェゼーリスト大陸の各地に点在する冒険者が暮らす王国や街。その代表と呼ぶに相応《ふさわ》しいほど発展したケイズドット王国のとある屋敷にて。

その地下にある暗くじめっとした地下室の扉を開けたリノは、鼻をつくような血生臭《ちなまぐさ》いにおいに顔を歪《ゆが》めた。

「また随分《ずいぶん》と派手《はで》にやったみてぇだな、リオネ」

見事に赤黒く染まった白衣姿のリオネは、大きな肉塊《にくかい》を捌《さば》く際に使われる包丁を地面に落とすと、虚無《きょむ》感に包まれたように大きなため息をついた。

「……また、満たされませんでしたわ」

そう呟《つぶや》いた彼女は、そのまま隣の部屋へと向かう。

カーテンで仕切られた部屋の奥から水音が響く。身体《からだ》に付いた血を洗い流しているのだろう。

リノは近くの壁に背を預ける。

「テメェの大好きな拷問《ごうもん》で満たされなかったとしたら、そりゃあもう、この世でお前が楽しめることはないんじゃないのか？」

「かもしれませんわ。これじゃまだ、オナニーをしていたほうがよっぽど気持ちいいですわ」

「そうかい……それで、拷問の成果は？」

「残念ながらお望みのことは聞き出せませんでした」

「チッ、外れかよ……」

「ですが、気になる情報は得られましたの」

「情報？」

「ええ、そうですの。どうやら、あのヴォルツ王国を襲《おそ》った神教団の中に、エズリア大陸から来てた者がいたそうですよ」

「エズリア大陸？　なんでそんなとこの奴がこっちの大陸に来てんだよ？」

「さあ、そこまでは。オモチャは理由までは知らなかったようなので。ただ、そのエズリア大陸から来た神教団の者はある人物の名前を口にしてたそうですの」

「ふーん、それでそいつの名前は？」

リノが聞くと、隣の部屋で水浴びをしていたリオネがカーテンで閉ざされた部屋から顔だけ出し、ニコニコした笑顔を浮かべながら答えた。

「イスリファ・オルス・アーネストリー。褐色《かっしょく》姫と呼ばれてる女性ですの」

「なんだ、その褐色姫って」

「さあ、私にもわかりませんわ。それでどうするのです？　その褐色姫ちゃんを捜すんですの？」

どこか子供っぽい期待に満ちた笑顔を浮かべたリオネを見て、リノは踵《きびす》を返しながら言う。

「テメェはオモチャにしたいだけだろ」

「そうですわそうですわ！　名前を聞いただけでもう、私は楽しみで楽しみで。あぁ、濡《ぬ》れてきましたわぁ」

「はいはい、そうかい。とりあえずシルバに伝えてくるからな」

リノは一人、主にリオネのお楽しみ施設である地下室から地上へと戻る。

「全《すべ》て決めるのはシルバだっての。あいつが首を縦《たて》に振れば向かうし、横に振れば行かない」

そう呟いて、リノはシルバや多くの冒険者が待つ酒場へと向かった。

◆

「ギルドを脱退するということは、目的を果たしたということでいいのだな？」

フェゼーリスト大陸の東にある、ギルド《鮮血の鎖《くさり》》が本拠地を構える屋敷で、アルマはギルドリーダーの軍服姿の女性に問われる。

「ええ、もう目的は果たせましたので」

「そうか」

屋敷内の一室。椅子《いす》に座り頬杖《ほおづえ》をつく女性は、アルマに視線を向ける。その眼差《まなざ》しは冷たく、刃物のように鋭い。

けれど、アルマは一切表情を変えず彼女を見つめる。

「了承した。というよりも、キミが我々のギルドに加入してくれる条件は『互いに干渉《かんしょう》しない。目的を果たしたら脱退する。それまでは協力する』だったからな。こちらとしては、十分に働いてくれたキミを止めることはできない」

「申し訳ありません」

アルマは頭を下げると、その場を、というよりもこの屋敷から立ち去ろうとする。だが、

「――そういえば、ゴレイアス砦《とりで》という死地にて、新たな王国と、新たな王が誕生したようだな」

女性の声を聞いて、アルマは足を止める。

「果たして、そこにある神の湖はその王様に、どれだけの幸福と絶望をもたらし、この世界にどんな影響を与えるのか……キミも楽しみではないかい?」

「……わかりませんね」

「そうだったね、キミはこの世界に興味はなかったね。あるのは過去への執着心だけ。――いや、過去の自分と、過去に愛した少年への想いだけ、かな……?」

アルマはその言葉に答えることなく部屋を後にした。

――目的は果たせた。ずっと願っていた目的を、彼の手で。

それなのにどうして、こんなにも達成感がないのだろうか。その理由はきっと、彼がこの先、もっと遠くへ行ってしまうとわかっているからだろう。

だけど会いに行っていいのかわからない。

「リーダーに言われた通り、ということかしらね……」

過去から未来へと歩けない。アルマは過去と未来の狭間《はざま》に捕らわれていた。

「……エギル、無事でいてね」

そして、アルマ・レニッサという名前の女性も、ルディアナ・モリシュエという名前の女性も、この世から姿を消した。

いつか彼がその手を摑んで、引き寄せてくれる、その日まで——。

文庫限定版書き下ろし短編

セリナは負けたくない

Selina doesn't want to lose

Betrayed S Rank adventurer I make slave-only harem guild with my loving slaves.

朝日が昇り始めた時間。ヴォルツ王国の城内には静かな時が流れていた。

今日の朝食当番だったエレノアとセリナが全《すべ》ての準備を終えた頃――。

「セリナ、わたくしはみなさんを起こしてきますので、エギル様を起こしてきてくれますか?」

「ん、わかったよ」

エレノアはこの王城内で寝てるサナやルナ、それにフィーや華耶《かや》たちを起こしに行き、セリナは二階にあるエギルの私室へ向かう。

「エプロンは脱いで行こっかな」

昨夜は色々とあり、寝る時間が遅く寝坊《ねぼう》してしまったセリナはネグリジェにエプロンという装いで朝食の準備をしていた。エギルを起こしに行く途中でエプロンを脱いでエギルの寝室へと向かう。

自分だけがエギル一人を起こすという楽な役割を与えられて不思議に思うセリナ。だが、エレノアは他の誰かを起こしたら、その者にもみんなを起こすのを手伝わせるのだろうと解釈する。

「まっ、早くエギルさんを起こして私もエレノアを手伝いに行こうっと」

――そう、エギルの寝室の扉を開けるまでは思っていた。

「エギルさ……」

扉を開けた瞬間に感じる部屋中を包み込むような温《ぬく》もり。

その部屋の奥のベッドでエギルは眠っていた。

昨晩、この部屋で二人で激しい運動をしてそのまま眠ったのが原因だろう。熱のこもった空気に心地よさすら覚え、どれほど激しく濃く求め合ったか、その時のことが脳裏《のうり》に蘇《よみがえ》る。

「……エギル、さん」

小さな声で呼びかけるが反応はない。というよりも、セリナは起こす気がないのだろう、ゆっくりとエギルへと近づいていく。

呼吸を荒くさせながら、エギルに近づくほどに、主にエギルの股間《こかん》から鼻を刺激する匂《にお》い――セリナの大好きな香りがする。

以前にも同じことがあった。

みんなでビーチへ行った時はエレノアたちに気づかれ止められた。けれど、今日は邪魔されない。彼の温もりを堪能《たんのう》する時間はある。

「エギル、さん……」

セリナはエギルの足の方から布団《ふとん》の中へと侵入する。薄手のネグリジェが擦《こす》れて音を立てるが、彼は寝息を立てたまま起きる様子がない。

セリナはエギルの足下を抜け、太腿《ふともも》を這《は》い、最も香りが包まれているであろう部分へ到着する。

心の片隅《かたすみ》に、みんなを起こすのをエレノア一人に任せた罪悪感はあるが、その気持ちも、朝立ちする肉棒に顔を近づけるとすぐに消えてしまった。

――もう、我慢《がまん》できない。

セリナは決して性欲が強いというわけではないが、それでも、エギルと繋《つな》がるのは幸せで、できればずっとそうしていたいと思っていた。

けれど、そう思ってるのはセリナだけではない。

エレノアたちだって同じ気持ちだろう。エレノアはいつもエギルにべったりしており、フィーは戻ってきてからエギルに甘えるようになり、華耶は夜な夜なお酒を飲み交わし、いつの間にか彼と何処《どこ》かへ消える。

サナとルナも、母親が目を覚ましたことによって苦しみが少しだけ解消され、いずれはエギルと一つになりたいと思うだろう。

そうなれば、エギルと二人っきりで愛を育《はぐく》む時間は更《さら》に失われていく。別にみんなとの生活は嫌ではない。むしろ一緒がいいと思ってる。けれど一人の女性として、エギルの一番になりたいと思う気持ちが失われたことは今まで一度としてない。

だから、この機会を逃したくはなかった。

「……この匂い、やっぱり……好き……」

ファスナーを下ろして取り出した肉棒からは、セリナの大好きな蒸《む》れた匂いがする。そしてセリナは、カリ首の部分に鼻先をつけ大きく鼻から息を吸う。

「……ここ、いい」

エレノアのことを悪く言えないほど、今の自分の表情は変態っぽいだろう。そう思っても止

めら れない。

セリナは布団の中の真っ暗な世界で、目の前の肉棒へ舌《した》を伸ばす。

少しだけ汗《あせ》ばんだそれに舌を這わせると、ビクンと大きく反応して、セリナはエギルが起きてしまったかと心配になり動きを止める。

だがすぐに寝息が聞こえると、再び肉棒を舐《な》め始める。

縦《たて》にゆっくり舌を這わせ、全体を唾液《だえき》で濡《ぬ》らすようにして味わっていく。

夢の中でも微《かす》かに刺激があるのだろうか、肉棒は何度も大きく反応している。けれど一向に起きないので、セリナは口淫《こういん》を続ける。

「……夢の中で、私としてるところを想像してくださいね……？」

小さく声を漏《も》らすと、セリナは今まで以上に自分が興奮《こうふん》してるのがわかった。

これまで正攻法でしかエッチをしていない。エギルが起きていて、彼が主導権を握って。だが今は違う。眠っているエギルを襲《おそ》っている。夜這《よば》いをしてるようで興奮してくる。

そして、セリナは竿《さお》を舐めていた舌を先端へと移動させる。

尿道から我慢汁《じる》を舌先ですくう。無味無臭なのに、これが精液と同じ液体だと思うと、下半身が疼《うず》いてくる。

セリナは亀頭《きとう》を軸にグルリと舌を回転させて舐めると、匂いの詰まったカリ首の部分を重点的に味わっていく。

舌を動かす音も、荒くなった吐息《といき》も次第《しだい》に大きくなっていく。起こしてしまうかもしれない、そう思っても止まらない。

——むしろ、起きてほしい。

寝ている主《あるじ》にフェラをしてる奴隷《どれい》にお仕置《しお》きしてほしい。激しく肉棒を突いてこの下半身の疼きを快感に染め上げてほしい。

ドMではないけれど、今だけは起きてお仕置きが欲しかった。

だからセリナは、大きくて硬《かた》くなった肉棒を咥《くわ》える。

口一杯に頬張《ほおば》らないといけないほど大きいそれを、唾液で濡れた唇《くちびる》が滑り、どんどん奥へと誘《いざな》っていく。

自分から咥えてるのに、無理矢理に挿《い》れられてるような圧迫感がある。最初は違和感しかなかった口淫も、回数を重ねるごとに慣れていき、どんどん大胆《だいたん》な行為に変わっていく。

もっと奥に。喉奥《のどおく》に触れるぐらいに肉棒で満たしたい。そう思って咥えていき、顔をゆっくり上下に動かしていく。

唾液と我慢汁が溢《あふ》れた口の中でビクンと肉棒が震えると、セリナの顔に笑みが零《こぼ》れる。自分の奉仕《ほうし》で感じている。そう思うと、もっと喜んでほしいと動きが更に激しくなっていく。

布団の中という外の音が遮断《しゃだん》された空間では、いつも以上に大きい水音が響く。

その卑猥《ひわい》な音を耳にしながら、口内でエギルの肉棒を扱《しご》く。すると、セリナの右手は、自分の濡れた秘部へと無意識に吸い込まれていく。

指先で陰唇《いんしん》の割れ目をなぞると声が漏れた。

いつもエギルの荒くなった声を聞いていて自分の喘《あえ》ぎ声は意識していなかった。けれど今は、淫《みだ》らな水音と共に自分の甲高《かんだか》い声がはっきりと聞こえる。

自分の感じている声をはっきりと聞くのは初めてかもしれない。こんなにも、可愛《かわい》い声で鳴くのかと赤面してしまった。だからといって、口淫も自慰《じい》も止まらない。止められない。勝手に動いて、求めてしまうのだから仕方ない。

——そんな時だった。

ふと、頭上が眩《まぶ》しいほど明るくなった。視線を向けると、彼が笑顔でこちらを見ていた。

「おはよう、セリナ」

慌《あわ》てて肉棒から口を離すセリナ。

「お、おはよう、ございます……」

「随分《ずいぶん》と気持ちのいい起こし方だな」

「……ごめんなさい」

「いや、謝る必要ないだろ」

そう言ってエギルは、セリナの汗ばんだ髪をクシャクシャとして笑う。

その顔を見て、セリナは恥《は》ずかしくはあるものの、どこか起きてくれて良かったと思わずにはいられなかった。

なにせここからは大きくて硬い肉棒が更なる快楽を与えてくれるのだから。

「いつから、起きてたんですか……？」

「そうだな、実は部屋に入ってきたときからな」

「それって……」

ニヤッと笑うエギルに、セリナは頬を膨《ふく》らませてわざとらしく拗《す》ねてみせる。

「最初からじゃないですか、もう……私って気づいてました？」

「当たり前だろ。声もしたし、それに……セリナはカリ首の部分をよく舐めるからな」

「それ、なんだか私が変態みたいじゃないですか……」

「違うのか？」

「……知りません」

内心では、行為の癖《くせ》によって相手が自分だと気づいてくれたことが嬉《うれ》しかった。

けれどそんなことを口にはできず、恥ずかしそうに顔を背《そむ》けながら、ゆっくりとエギルの身体の上へと這っていく。

「……どう、します？　このままだと、辛《つら》いですよね？」

顔を近づけながら問いかけると、エギルは「そうだな」と答える。その表情はどこか楽しげで、この先、何をするのか、何がしたいのか、彼は理解してるようだった。

セリナはネグリジェのスカート部分のヒラヒラを捲《まく》り、濡れた膣口《ちつこう》をエギルの肉棒に触れさせる。

「……お仕置き、しますか？　朝からこんなに大きくした私に」

自分からしたいと言えないのは、顔を見ながらおねだりするのが恥ずかしいから。だからエギルからしてほしいと、ぬちゃぬちゃと愛液を垂《た》らす膣口に肉棒を擦ってアピールする。

「そうだな、お仕置きはしないとな」

その言葉に心の中で喜ぶセリナ。だがエギルは、枕元にあったタオルを手に取り、

「いつもと違った感じでな」

それを、セリナの目を覆《おお》うかたちで巻きつける。

一瞬で視界を奪われたセリナは不安そうにエギルの身体にしがみつく。

「エ、エギル、さん……なんで目隠しなんか」

「ん、お仕置きだからな」

「お仕置きって……んっ……エギルさん、み、見えないのに……ああっ」

真っ暗な視界のまま、エギルの大きな手がセリナのお尻《しり》を撫《な》でてくる。いきなり撫でられ、思わず声が漏れる。視覚が奪われて、いつも以上に全身が敏感になってるのだろう。エギルの手の温もりしか感じられない。

「このまますするぞ」

いた。

「ま、待って、エギルさん……ふあっ！」

耳元で囁《ささや》かれながら、肉棒が膣内へと挿入《そうにゅう》されていく。

大きくて硬い異物。それはいつも味わっていた肉棒なのだが、感じ方はいつもと全然違っていた。

どこを通り、どこが擦れ、どこを突かれてるのかがはっきりと感じられる。それに、エギルの顔が見れないから、いつも以上に膣内へと意識が向く。

「あっ、んんっ、はあ……エギル、さんっ……これ、外し……んんっ！」

「外したら止《や》めるが、いいのか？」

耳元で囁かれる言葉はエギルの声なのに、今はいつもとどこか雰囲気《ふんいき》が違う。普段の優しい口調ではなくて、こちらの反応を楽しんでるようなSっ気のある声だった。

そんな彼の上に乗っているセリナは、お尻を摑《つか》まれながら前後に揺れる。

「い、やっ……顔を見ながらが、いい、ですっ」

この言葉は本心だ。けれどこの目隠しされながら激しく肉棒で突かれる状況に、いつもより興奮してる自分がいる。

セリナはMではない。虐《いじ》められて快感を覚えたりしない。けれど、視界を奪われた中、屈《くっ》強《きょう》な身体の上で、エギルの声を感じながらすることに興奮していた。

「そんなこと言って、膣内は俺のを締めつけてるぞ？　興奮、してるんだろ？」

「ち、ちがいっ、んん……ッ！」

エギルはきっとこの状況を楽しんでいる。セリナの恥ずかしげな顔を見ながらするのを。そそれはきっと、セリナ自身もそうされることでいつも以上に感じているのに気づいてるからだろう。

ベッドが軋《きし》む音。全身を撫でるエギルの大きな手。耳元で囁かれる、愛する彼の声。それら目に見えない全てが、セリナをいつも以上の快感へと引きずり込んでいく。

「あっ、はあっ……そ、そこ、突かれるの……気持ち、いい……っ！」

セリナは見えないエギルの身体へ唇を這わせる。それは首筋へと至《いた》り、そして耳元で伝える。

「いい、です……いつもより全身が敏感で……エギルさんの、おちんぽ、気持ちいい、ですっ……」

「じゃあ、もっと激しくしてやるよ」

「は、はい……ッ！　見えない私を、激しく──」

──コンコン。

素直に認めてより気持ち良くなろうとしたその時、不意に、扉がノックされる。

──コンコン。

それも二回。二人で別々に扉をノックしているようだった。

見えないセリナにも誰か来たのはわかった。息を潜《ひそ》めるように、セリナは口元に手を当てる。

「……誰だ？」

エギルが扉へと声をかける。

エレノアたちだったら笑って誤魔化《ごまか》そう。別にこれで咎《とが》める彼女たちではない。みんなだってコソコソと隠れてしてる。

ところが、

「エギル、朝だよ」

「エギル、起きてください」

扉の向こうから聞こえてきたのは絶対に気づかれてはいけない、大切な妹であるクロエとシロエの声だった。

「入るよー」

セリナは一瞬にして布団の中に隠れた。

その判断が功を奏した。クロエとシロエはエギルが許可する前に部屋へと入ってきた。

すぐに目隠しを外そうとしたのだが動揺してるセリナの優先事項は、ここに自分がいるとは気づかれないよう息を潜めることだった。

「どうしたんだ二人とも？」

エギルの声は意外にも冷静だった。

「うん、エギルを起こしに来た」

「ああ、後で向かうよ」

「ダメです、すぐに来てください」

「どうかしたのか？」

「エレノアさんが、おねえちゃんがいなくなったって」

自分のことが話題に上り、更に鼓動《こどう》が激しくなる。

「セリナが？」

「そう。みんなは少ししたら戻ってくるって言ってたけど、心配だから……」

しょんぼりしたクロエの声を耳にして、セリナは心配かけて申し訳ないと思ったが、

「そしたらエレノアさんが、エギルさんの部屋の前で待ってたら戻ってくるんじゃないかって。よくわからなかったけど、そう言ったのでここに来ました」

エレノアへの恨《うら》みがましい気持ちが込み上げてきた。

おそらく彼女はセリナがここでエギルと性行為に及ぶことを予想していたのだろう。またそうさせるためにセリナ一人でこの部屋へ向かわせ、自分は他のみんなを起こすと言ったのだろう。

嵌《は》められた。そう思いながら、ここからどうするかセリナは考えていた。

「そうか、じゃあ俺も着替えたら向かうから、少し外で待っててくれるか？」

エギルが機転を利《き》かせてくれた。これで、今の繋《つな》がった状態を妹に見られることはない。セ

リナは安堵《あんど》しつつも、お預けかと少しだけ悲しく思う。

「一緒に捜してくれるの？」

「ああ」

「わかった！」

「どれぐらい待てばいいです？　五分ほどですか？」

シロエに聞かれ、エギルは少し考えてから答える。

「十分くらいだな」

「十分ですか……随分と着替えが長いですね？」

「まあな。少し準備したいことがあるんだ」

「わかりました。では外で」

「ああ、待ってる間、すまないが廊下の絨毯《じゅうたん》を取り替えておいてくれないか？」

「ん、あのボロボロになってたやつ？　あれってお昼にサナとルナがするって言ってたよ？」

「早いうちがいいんだ。頼めるか？」

二人は了承して部屋を出て行く。その音を確認してから、セリナは布団から顔を出す。

「エギルさん、ありがとうございました。危うく気づかれるとこでした」

「いや、いいさ」

「まったく、エレノアは……」

セリナは目を覆うタオルに手をかけるが、エギルがそれを止めた。

「まだ外すなよ？」

「えっ、でも」

肉棒が再びすっぽりと膣奥に侵入し、

「……んあっ!? エ、エギル、さんっ……ダメっ……」

膣内を動き始める。そして、下から突き上げるように腰を動かすエギルは、耳元で悪魔の囁きをする。

「……あと十分でイかせないと、二人が戻ってくるぞ？」

それを聞いて、セリナは全てを察した。

「も、もし、かして……このまま」

「あまり大きな声は出さない方がいいぞ。二人が廊下にいるんだからな」

思わず、セリナは口元を手で押さえる。足音は聞こえない。そこにいるのか、それとも替えの絨毯を取りに別の部屋へ行ったのか、それはわからない。

ただ、あまり大きな声を出せない状況なのは理解できる。それなのに、エギルはセリナの敏感な膣奥をズンズンと責めてくる。これで声を出さないのは無理だ。セリナは首を左右に振り、小さな声で訴える。

「む、むり、ですっ……声、出ちゃいます、から……」

「もしかしてこのまま射精せずに終わるのか？」

腰を突き上げていた動きが止まると、セリナを襲っていた快感が薄れていく。それが寂《さび》しくて悲しくて、どこか切ない気持ちになっていく。

それにエギルは何も言わず、動こうともしない。

「だ、だって……聞かれたら……」

「そうか。まあ、セリナを困らせたくないしな」

そう言うと、肉棒が少しずつ膣内から抜けていく。満たしていたモノがなくなっていき、無意識に膣内がキツく肉棒を締めつける。

そうした中、エギルが耳元で伝える。

「……このバレるかバレないかを、一緒に楽しみたかったんだがな」

「それは……」

「セリナも、興奮してるんじゃないか？」

クロエとシロエが扉の向こうにいるかもしれないという不安と、エレノアたちに隠れてエギルを独《ひと》り占《じ》めしているという罪悪感。それらがセリナを興奮させているのは事実。そして、ここで終わりたくないと思っているのも確かだ。

だが、声を我慢できる自信はなかった。

このまま二人で激しく愛し合いながら快楽を共有するか、それともお預け状態でいるか。セリナは抜けていく肉棒を膣奥へと戻し始める。そして、腰をゆっくりと、あまり刺激を受けないように落としながら小さな声で伝える。

「せ、せめて……目隠しは、外していいですか……？」

目隠しがなくなれば少しは安心できる。視覚を取り戻せば、いつ二人が近くに来てもわかる気がした。だが、

「それを外したら、お預けだな」

エギルは許可してくれなかった。そして再び、肉棒が抜かれていく。

「このままセリナを抱きたいんだ」

髪を撫でられ、背中を撫でられる。全身が震えて上半身を大きく仰《の》け反《ぞ》らせるセリナ。まるで全身が性感帯になったかのような自分の状態に困惑《こんわく》しながら、刻一刻《こくいっこく》と抜けていく肉棒の感触を、放したくなかった。

そんなセリナにはもう、正常な判断ができなかった。

「……エギルさんの、バカ」

言葉に反して、愛液を漏らし、摩擦《まさつ》や抵抗もなく、にゅるっという音を鳴らしながら肉棒を膣奥へと誘《いざな》う。そして、セリナは喘ぎ声を我慢して、腰を上下に動かした。

「そん、なのっ……んあっ……我慢、できるわけない、ですっ……すぐ、射精させてあげます、からね……」

ベッドをギシギシと鳴らし、肌《はだ》と肌が触れ合う音が響く。クロエとシロエが扉の向こうにいないか不安になるが、それを打ち消すように、エギルが耳元で囁く。

「セリナ、気持ちいいか？」

エギルの声が心地いい。セリナは布団から上半身を出して何度も頷《うなず》く。

「は、はいっ……いつもより、きもちいいっ……ですよっ、んんっ……エギルさんは、どうですか？」

「ああ、気持ちいいぞ。セリナの表情も可愛いしな」

そう言われて全身が熱くなる。

目隠しし、エギルの肉棒を自分から腰を動かして求める、淫《みだ》らな姿を妹たちには見られたくない。甘く漏らす声も聞かせたくない。

声を我慢して、ベッドが軋む音を最小限に抑える。

だけど少しずつ、セリナの正常な感覚はエギルと絡《から》み合う快楽によって失われていく。部屋の中には、欲望のままに求め合う音が響く。

「んっ、はあ……っ！　エギルさんの、おちんぽっ、ああっ……おちんぽがっ、奥を、ずんっ、ずんって突いてっ……気持ち、いいっ……これ、好き……っ！」

声を出すと、お腹《なか》の辺《あた》りで肉棒の存在をよりはっきりと感じられる。

――射精、させたくない。

気持ちよくさせたいのに、絶頂させたくない。そんな矛盾が生まれた。ずっと、ずっとずっと、嬌声《きょうせい》を我慢することなくこのままエギルに抱かれていたい。

何も考えずに、ただ、エギルの温もりを味わっていたい。そう思うセリナの汗ばんだ全身を、エギルの温かくて大きな手が撫で回す。

「そんなに大きな声を出して大丈夫か?」

その声を聞いて、セリナはすぐに快楽の渦《うず》から現実に引き戻される。

「ダ、ダメっ……だ、だけど、気持ちいいのっ……腰が、止められない、の……っ!」

永遠に快感を味わっていたい。けれど妹たちには、大人の女性となった自分の姿は見せたくなかった。

だけど我慢しようと思ったときに限って、エギルが、下から上へと腰を突き上げ肉棒を奥へとねじ込んでくる。

真っ暗闇《くらやみ》の中で感じられるエギルの温もり。厚い胸板《むないた》に手を置き、微かに漏れるエギルの声と何度も味わってきた肉棒が与える快感。それら全てがセリナを絶頂へと誘い、いつも以上に乱れさせる。

扉へと向けていた意識も、今となってはもう消え失《う》せている。ただただエギルを求めていた。

「──誰かがそこの廊下を通ったな」

エギルが言った。笑みを含んだ声に、セリナの動きが止まる。

「や、やだっ……聞かれちゃう……」

「ああ、聞かれるな。セリナの感じてる声を。それに気づいたら、きっと中に入ってくるな」

エギルの手が頬を撫でる。温かく優しい手のひら。それを愛しく思ったが、すぐに離され、彼の手は首筋を通って上半身へと向かう。

「じゃあ、止めるか？」

肩に手が触れ、乳房を優しく揉《も》まれる。腰の動きを止めてもそれだけで、セリナの唇は意思に反して開き、切ない声が漏れ出る。

「……だめっ、です」

「聞かれるのも見られるのもか？」

エギルは何がどう駄目なのか知っているのだろう。腰を微かに動かし、乳房に触れた手が乳首を摘《つ》まむ。

その瞬間、電流が全身を駆け巡《めぐ》ったようにビリビリと感じた。

こんな状態で止められない。ここで止めたら、次にできるのは今日の夜か、もしかしたら次の日になるかもしれない。そんなの堪《た》えられない。それにだ。

「エギル、さん……私のこと、好き……？」

「ああ、好きだ」

「私の膣内に、いっぱい射精したい……？」

「ああ、したい」

顔を見れなくても、エギルが心の底からそう言ってくれてるのがわかる。エレノアでも、他のみんなでもなく。今ここで、自分を求めてくれている。

「んっ、はあっ……じゃあ、いい、ですよっ……」

セリナは止めていた腰を動かす。

ぬちゃぬちゃと接合部から淫らな音が響くと、全身が熱くなっているのを実感する。

——今ここで、エギルと最後までしたい。他の誰でもなく、自分がエギルをイかせたい。

まだ身体を重ねていない、サナやルナでもなく。

シュピュリール大陸で愛を育んだ、フィーでもなく。

共にこの国を守る存在となった、華耶でもなく。

エギルの代理としてヴォルツ王国を守った、エレノアでもなく。

自分がエギルを気持ちよくさせたい、今は他の者ではなく自分だけを見てほしい。

セリナはそう思い、声も物音も気にせず、エギルの怒張《どちょう》した肉棒を膣内で扱く。

「あっ、はあっ……私を……私だけを、見てっ……エギル、さんっ……」

布団から全身を出して、セリナは一心不乱にエギルに跨《また》がり腰を振る。目隠しされ、どんな淫らな姿で自分が腰を振ってるのかわからないのは、せめてもの救いだった。

露《あらわ》になった乳房を縦揺れさせ、口を半開きにして、涎《よだれ》を垂らす自分を見たら、きっとここまで乱れることはなかっただろう。

「セリナの乱れた顔は、いつ見ても綺麗《きれい》な顔をしてるな」

乱房を大胆に揉みしだくエギルも下から上へ、セリナの膣肉を掻《か》き分け肉棒を突いてくる。

「やっ、恥ずかしいからっ……言わない、でっ……」

そう口にしてはいても、本心では嬉しく思ってしまう。

初めて曝《さら》け出した快感に溺《おぼ》れる顔。これからもエギル以外にこの表情を見せることはない。

そんな自分を見て綺麗だと、エギルは言ってくれた。

「エギルさんっ……もう、イクんですよねっ……？」

膣内で更に大きくなる肉棒を感じて、今までの経験からエギルが射精しそうなのがわかった。

そして、セリナも自分の身体に異変を感じ、何かくると思い、それが絶頂だとわかり、いっそう腰を激しくさせる。

「ああ、そろそろ、出すぞ……」

この幸せな時間が終わってしまう。それが悲しくもあり、早く膣内に熱くて濃い精液を吐き出してほしいとも思う。

「いい、ですよっ……一緒に、イって……私を、イかせてっ……！」

エギルに腰を掴まれる。そして、今までよりずっと激しく、膣奥にある子宮《しきゅう》を叩《たた》くように肉棒が突かれていく。

「あっ、ああっ、んはあっ……気持ち、いいっ……もっと、もっともっと、おちんぽで突いてっ！　めちゃくちゃにしてっ！　も、もっと……私の膣内を味わって！」

セリナはクロエとシロエに気づかれるのではないかという不安すら気にせず叫んだ。

――他のみんなじゃなくて、今は私だけを愛して。

そう言いたかったが言えない。きっとそれを口にすれば、全員を平等に愛すると心に決めたエギルを困らせてしまう。

だけどセリナは、荒々しく腰を突き動かすエギルの頬に手を触れながら、

「私を……妊娠、させてくださいっ！」

平等に愛されてるから文句は言わない。自分以外の者と身体を重ねないでと言わない。自分だけを愛してとも言わない。

ただ一つだけ願っていいのであれば。

――誰よりも先に、自分にアナタとの愛の形である子供をください。

セリナの声は届いたのか、それはわからない。けれどエギルはセリナの膣内のずっと奥、子宮口へと肉棒を突き挿れた。

「ああ、ここに出すぞ！」

ズンズンと力一杯に子宮の入り口を叩かれながら、セリナは嬉しそうな表情を浮かべ、何度も頷いた。

「は、はいっ……はいっ……っ！　んっ、はあ……っ！　き、きてっ……きてきてっ！　私を、妊娠させてっ！　エギルさんの妻にしてぇっ！」

エギルは勢いよく、求めていた最高の快楽と子種《こだね》を、セリナの膣内へと吐き出した。

「んあああっ！　きてるっ、エギルさんの精液、いっぱい、注がれてる……っ！」

何度も何度も射精される精液を膣内で感じて、セリナもまた、腰をビクンと大きく反応させ絶頂に達した。

真っ暗だった視界が一瞬にして真っ白になるほどの快感。セリナは腰を仰け反らせた。

「ああ、きて、る……エギル、さんの……私の膣内で、びくびく跳《は》ねてるっ……！」

暴れる肉棒から溢れ出る精液。それを感じていると、目隠しが片側だけずれ落ちた。

「エギル、さん……」

片目でエギルを見て、胸いっぱいに幸福感を感じていた。そして、セリナは力なく、エギルの身体へと倒れた。

「はあ、はあ……気持ち、よかった……」

「ああ、俺もだよ。いつも以上に乱れてたな？」

「エギルさんが、虐めるからです……」

「嫌だったか？」

そう尋《たず》ねると、セリナは髪を耳にかけ、エギルに口づけをする。

「……ちゅ……イヤなわけ、ないですよ……エギルさんを、いつも以上に感じられて幸せでした」

「そうか。俺も、セリナが感じてる姿を見れて嬉しかったよ」

「良かった……」

舌を絡ませながらキスをして、互いに絶頂の余韻《よいん》を楽しむ。

熱気が充満した室内。ベッドから落ちている布団。汗ばんだお互いの身体。

そして、ベッドの隣に立ってこちらを見てにっこりと微笑《ほほえ》むエレノア。

疲弊《ひへい》してまどろむセリナは、少ししてからハッと気づく。

「な、ななな、なんでエレノアがここにいるの!?」

扉を開けた音はしなかった。人が入ってきたのにセリナは全く気づかなかった。

エレノアはセリナを見ながら楽しげに笑みを浮かべながら首を傾《かし》げた。

「セリナの考えはお見通しです。というより、廊下中に喘ぎ声が響いてましたよ?」

「えっ、うそ!? そんなに声は……」

出していないわけがない。いつからか声を我慢することを止めたので、セリナのエギルを求める嬌声はかなり遠くまで響いていただろう。

「ちなみに、私を妊娠させての辺りからここにいました」

「ちょ、そんなときから、見てたってこと……!?」

「ええ、見てました。……そうですか、セリナも目隠しプレイにハマってしまったのですね。それは良かっ――」

「――良くない！　も、もう……エギルさんも、いるなら教えてくださいよ……」

自分のあられもない痴態《ちたい》をエレノアに見られ、心の底からの願いを聞かれ、セリナは恥ずかしくなって、涙目になる。

「すまないな。そこで止めたくなかったんだよ」

頭を撫でられながら言われて、

「も、もう……だけど、言ってほしかったです」

セリナは拗ねながらも、エギルの首元に唇を近づける。肉棒は膣内に挿入したまま。まるで、エレノアにどれほど愛し合っていたのかを見せつけるようにエギルに身体を預けていた。

「それに、エレノアがクロエとシロエをここへ近づけないようにしてくれたみたいだぞ」

「そうなんですか……ありがとう、エレノア」

エレノアが気を利《き》かせてくれたお陰《かげ》で、妹たちに恥ずかしい姿を見られなくてすんだ。それに対しては感謝する。なおもエギルの身体に自分の身体を触れさせさせながら。

「……ええ、構いませんよ」

それでは着替えて朝食にしましょうか。

エレノアがそう口にして終わるだろうとセリナは予想していたが、エレノアの笑顔はいつもと少し違った。

「セリナ、今日は随分と乱れてましたね」

「えっ、ま、まあ……エギルさんと同じこと言ってる」

「そう、なのですね……ですが、みなさん待ってますので、早くエギル様から離れてください」

「ああ、うん……わかってるんだけど、もう少しだけこの余韻に浸《ひた》っていたいなって。ねっ、エギルさん？」

「ん、ああ、もう少しだけ」

「駄目です。早く離れてください」

ムスッとした表情のエレノアを見て、セリナもムスッとした。

「別に先に戻っててもいいよ？　もう少ししたら行くから」

「駄目です。そう言ってセリナ、またエギル様とするつもりなのですよね？」

「……さあ？　だけど、エギルさんがしたいなら、私もしたいなって……あっ、もうおちんぽ大きくなってる。ふふ、したいですか？」

セリナはエギルへと視線を向ける。

「駄目です。するなら、今度はわたくしとです」

詰め寄ってくるエレノア。その様子がどこか変で、セリナは少し考えてから答えを導き出した。

「……もしかして、最初からこうなることは予想してたけど、私が途中で止めると思って、その後にムラムラしたエギルさんとしようとか、思ってた？」

「……」

エレノアは答えない。

セリナにエギルを起こすように頼んだのはエレノアだ。そして、クロエとシロエをこの部屋に向かわせたのもエレノアだ。

おそらくセリナが途中で恥ずかしくなり、途中でお預け状態になったエギルと二人っきりになってセックスをしようという考えだったのだろう。

――いつも以上に野獣《やじゅう》と化したエギルと濃厚な交《まじ》わりをしたかった。

エレノアの無言が答えだと思ったセリナは、勝ち誇ったような笑みを浮かべながら、接合部に指先を触れつつ彼女に伝える。

「残念でした。エギルさんの精液はもうたーっぷり注がれました」

溢れ出る精液を指ですくいながら、セリナは「ああ、溢れちゃった」とわざとらしくも艶《つや》っぽい声をエレノアへ向ける。

「……なるほど、恥ずかしさを克服したと」

だが、そこでエレノアは反撃に出る。

「わたくしがクロエさんとシロエさんに話せばどうなるか……わかりますよね？」

「――ッ!?」

「どちらが主導権を握ってるか、わかりますよね？」

両者共に睨《にら》み合う。だが、エレノアはそこで優しそうな笑みを浮かべる。

「ですが、わたくしのお願いを聞いてくだされば秘密にしてあげますよ？」

「お願い……？」

不思議そうにするセリナ。エレノアは部屋を出て行き、すぐまた戻ってきたときには、なにやら初めて見る服を持っていた。

「これを着ていただければ、秘密にしますよ？」

「それ、って……」

ドレスとは違った黒色を主体にした服は肌を露出《ろしゅつ》させる部分が多い。というよりも服と呼んでいいのかすら不明だった。なにせ胸元を覆う部分はなく、秘部を隠す箇所は下着よりも小さく、脚部は網《あみ》状のタイツになっている。

そして、もう片方の手にはウサギの耳のようなのを持っていた。

「このバニーガール服を着て今日一日、生活していただきます」

「な、なんで、これ……い、いやよ！　こんな……恥ずかしい格好《かっこう》」

「ふふ、恥ずかしいですか？　さっきまで目隠しされながら乱れてたのに」

「そ、それは……というより、クロエとシロエの前でもこれ着るってことよね!?」

「ええ、そうです」

「それは駄目！　絶対に駄目！」

「では、クロエさんとシロエさんに、ここで何をしたか話してもいいのですか？」

「それは……というより、私がこの格好をしても、エレノアにはなんの得もないわよね!?」

エレノアは少し考えて頷く。

「はい、ありません。ただの嫌がらせです」

「嫌がらせって……でも」

恥ずかしい格好を妹たちに見せるのは嫌だ。そう考えていたセリナだったが、まだ膣内にあるエギルの肉棒が硬くなっているのを感じた。

「……もしかして、エギルさん……興奮してますか？」

そっぽを向いて小さく頷くエギル。

エギルはいつも、身体を子供のように反応させることが多い。興奮したら勃《た》つという素直な身体なのだ。そんなエギルの反応を見て、セリナは頬を赤らめながら、彼の胸板におでこをつける。

「……エギルさんが着てほしいって言ってくれたら、いいですよ？」

「……まあ、着てほしいな」

「……もう一回。私の頭を撫でながら、言ってください」

エギルはセリナの頭を撫でながら、

「着てほしい」

はっきりと伝えた。だけどセリナはまだ満足していないのか、頭をエギルの胸にすりすりしながら更に注文する。

「この格好したら、また、私のこと欲しくなります？」

「ああ、したくなる」

「うん、じゃあ、着る……エギルさんが興奮してくれるから」

セリナは満足そうにエレノアに伝える。そんな二人の甘いやりとりを見せつけられたエレノアは、ふてくされたように頬を膨らませた。

「もう！　もうもうもうっ！　なんか違います！　もっと恥ずかしがって、拒《こば》まれて悶々《もんもん》としたエギル様とわたくしが、このバニーガール服を着て濃厚で激しくて、獣《けもの》のような交尾をしようと思ってたのに！」

子供のように不機嫌そうにするエレノアを見て、セリナは呆《あき》れていた。

「やっぱりそういう魂胆《こんたん》だったのね……。だけど、残念でした」

「いいです！　罰《ばつ》として、この格好を一週間ずっとしてもらいます。みなさんにも伝えてきます！」

「あっ、ちょっと、エレノア!?」

エレノアはみんなが待っているところへと走っていく。

その後ろ姿を見ながら、セリナはため息をつき、エギルから身体を離す。

「まったく、エレノアの考えてることはわからないわ」

「そうだな」

そしてセリナはエギルに顔を寄せる。

「……あのバニーガール服を着たらエッチする。約束ですからね？」

「ああ、わかってる」

「今回みたいに一回じゃないですよ？　何回もしてくださいよ？」

「ああ、わかってる。それに、セリナがあんなの着たら、朝まで興奮しそうだからな。いいのか、止まらないぞ？」

おどけてみせるエギルに、セリナは嬉しそうに笑顔を向ける。

「はい、望むところです。どっちが先にできなくなるか、勝負ですよ」

「ああ、そうだな。それじゃあ、戻ろうか」

「はい。その前に……ちゅ」

ついばむように唇を重ねると、セリナはエギルの手を握り、

「私、今とっても幸せです……愛してます、エギルさん」

最高の微笑みを送ったセリナ。

――その後。セリナはバニーガール服を着せられた。

サナやルナには赤面され、フィーと華耶からは目を細められ、姉が変わってしまったとクロエとシロエから悲しそうな視線を向けられた。

そのためセリナは、一週間ずっと恥ずかしそうに部屋の片隅で膝《ひざ》を抱えて過ごすことになったのは言うまでもない。

あとがき

あとがきまで目を通していただきありがとうございます。

早いものでこの物語も四巻目となりました。ここまで続けてこれたのも、読者様あってのことだと思います、感謝しております。

エレノアたちが自《みずか》ら考え行動した戦いも終わり、エギルの過去との決別も、一旦《いったん》、終わりを迎えました。

エギルの過去との決別は、そこまで残酷にはなりませんでした。

そもそも、エギルという人間は自分を裏切った幼《おさな》なじみに対して酷《ひど》い復讐《ふくしゅう》をしようと考えていませんでしたから。それよりも、誰と一緒に未来を生きたいのか？　自分を慕《した》ってくれる者たちとどうなりたいのか？　復讐心ではなく、自分自身がどうしたいのかが大切だったのでしょう。

それもきっと、エギルが今まで出会ってきた人たちのお陰《かげ》――人に優しくできるエギルの性格ならではでしょう。

この作品を書き始めた時から、エギルには、ハーレムを築くのに相応《ふさわ》しい、誰が見ても許される優しくてカッコイイ男性であってほしいと、そこだけはぶれずに書きたいと思ってましたので。

……ただ優しすぎて、すぐ騙《だま》されるのではないかと心配な部分はありますが。

まあ、そこが彼の良さなので、そこが消えてしまえばエギルはエギルでなくなってしまいますからね。それにその優しい部分に惹《ひ》かれたエレノアたちも、彼に足りない「人を疑う」部分を自分たちで補《おぎな》うと決めていますから、良い関係性だと思います。

内容については以上で、ここからは宣伝というかお知らせを。

本作が発売されている頃には、おそらく川田暁生《かわだあきお》さんのコミカライズ連載が、ニコニコ漫画様にて始まっていると思います。

こうして自分の考えた物語が他の方の手で、別の形になって動いていくというのは、なんだかとても感慨《かんがい》深く思います。

私の考えた物語が表現形式の異なるマンガとしてさらなる広がりを見せるSランクの世界をぜひ見てください。

とても素敵《すてき》に仕上がっていますので。

——それでは、今回のあとがきはこの辺にして、最後に。

四巻を発売するにあたって尽力してくださった、集英社ダッシュエックス文庫の編集者さん。

今回も素敵なイラストを描いてくださった、ナイロンさん。

そして、本作を手に取っていただき、お読みいただいた読者の皆様。

ありがとうございます。

次の五巻でまたお会いできることを、心から願っております。

お相手は、柊咲《ひいらぎさき》でした。

柊　咲

ダッシュエックス文庫

裏切られたSランク冒険者の俺は、
愛する奴隷の彼女らと共に
奴隷だけのハーレムギルドを作る4

柊 咲

2020年 5 月27日　第1刷発行
2021年 1 月19日　第2刷発行

★定価はカバーに表示してあります

発行者　北畠輝幸
発行所　株式会社　集英社
〒101−8050　東京都千代田区一ツ橋2−5−10
03(3230)6229(編集)
03(3230)6393(販売／書店専用) 03(3230)6080(読者係)
印刷所　図書印刷株式会社
編集協力　石川知佳

ISBN978-4-08-631363-6 C0193